我喜欢你，像风走了八千里

末那大叔——作品

中国友谊出版公司

图书在版编目（CIP）数据

我喜欢你，像风走了八千里 / 末那大叔著. — 北京：中国友谊出版公司，2018.11
ISBN 978-7-5057-4538-4

Ⅰ. ①我… Ⅱ. ①末… Ⅲ. ①散文集—中国—当代 Ⅳ. ①I267

中国版本图书馆CIP数据核字(2018)第245042号

书名 我喜欢你，像风走了八千里
作者 末那大叔
出版 中国友谊出版公司
发行 中国友谊出版公司
经销 新华书店
印刷 北京市雅迪彩色印刷有限公司
规格 700×980毫米 32开
10.25印张 244千字
版次 2019年3月第1版
印次 2019年3月第1次印刷
书号 ISBN 978-7-5057-4538-4
定价 49.80元
地址 北京市朝阳区西坝河南里17号楼
邮编 100028
电话 （010）64678009

序

感谢陪伴，不负遇见

这是末那的处女作。

这些年他写了很多文字，出书一直是他心心念念的一件事，现在终于完成了，我从心里替他高兴。

过去的他，跟大家的交流可能还建立在公众号上，这次读者终于可以触摸到文字，从屏幕走出来传到读者的手上，我想一定会更有温度。

最终定下的书名是《我喜欢你，像风走了八千里》。

他第一次跟我提起书名的时候，我就被打动了，这个书名很好，很暖心。

喜欢一个人就是一种特别的感觉，似乎是一种轻飘飘的状态，却又无比坚定。一万里都不算什么，八千里又怎样呢？

不知道你们相不相信一见钟情，我和我的妻子就是。

我虽然会一些乐器，会弹吉他、会弹钢琴，也会唱歌，但在感情上却反应得比较慢，那个年代的人谈恋爱也不太直接。

直到遇到我妻子之后，我才意识到我有很多的表达欲、倾诉欲。每天都会抽时间跟她见面，躲着双方家长去约会。

真挚恳切的也好，情绪激动的也罢，情话、告白，每天不厌其烦地想向她表达。

也就是在认识了她之后，我开始写一些文字，到现在我还珍藏着一个箱子，里面保留着一沓沓我们互相寄的信。

她在我心里的位置永远无可替代，像风走了八千里，吹进了我的心底，从此扎一辈子。

后来她生病了，瘫痪在床很多年，说起来这是我一辈子最痛心的事。

她问我："如果让你重选一次的话，你会不会想要跟我结婚？"

我说："当然，毫无疑问。"

后来很多年后回想起当时的场景，犹觉得这句话很贴切，喜欢她，就像是风走了八千里，不问归期。

情动可以一往而深，认定了对方，就愿意一生相伴。

我跟她结婚几十年，不知不觉，再回首，竟已走过了八千里。

我相信每个人都会遇到这样一个人，她（他）会让你心甘情愿地陪伴、守候，一生一世。

我经常对末那说："以后一定要对嫁给你的姑娘好，人家父母把她交给你，你必须一心一意地待人家。"

男人不能只把重心放在全世界上，却忘了给婚姻的幸福。

一个好的丈夫，应该在外是大男人，回家是小男人。事业有成，有自己的抱负，但在对未来的规划里，永远有自己的爱人。

其实他这些年的变化我都看在眼里，在与其他人接触的同时，他自己也沉稳了很多。

平时他写的东西我都会看，很多时候都会发现他身上我从未见过的一面。

其实说起来，我们都没想过，会有被这么多人关注的一天，被这么多人喜爱，很荣幸，也很感动。

所以这本书，有很大一部分心愿，是希望给那些支持我们的人一个陪伴。

前段时间在长沙，我们父子俩聊起生活的意义是什么。

两人的回答比较接近，让更多的人重视生活，并可以过得更好。

我是喜欢跟别人聊天的人，他是享受用文字和别人交流的人。不管方式是什么，可以为读者带来一些慰藉，就足以让我们感到幸福。

我一直觉得，文字是富有温度的，这股力量足以治愈一切。

它让感情里的珍贵属性得以传递，让每个人都在其中受益。

我们每个人的内心都有柔软的地方，有些人是喜欢，有些人是遗憾，但这些地方都需要被弥补。

那些和好的情侣，有矛盾的父子，还有很多人，都因为和我们的某种交集，能够让他们在迷茫里寻求到答案。

让受过挫折的人不再流泪，让前途迷茫的人重拾信心，让每个人的内心都能够被抚平、被温暖、被安慰，让很多素未谋面的人更加幸福，这就是我们父子最想做的事情。

书中承载了人的情感，而人都是情感动物，所以在特定的情境下，哪怕是只言片语，也有可能给人们以温暖与支持。

如果你的未来能够因为这本书或书里的某句话而发生改变，生活变得丰盈美好，那么末那写下这些文字的意义，也就足够了。

总之，能与你通过这本书相见，实属有缘。

感谢陪伴，不负遇见。

北海爷爷

2018年12月

·末那大叔·

我喜欢你，
像风走了
八千里

目录

PART 1

【情话】别哭，我抱不到你

PART 2

【前任】用力爱过的人，不该计较

PART 3

【治愈】总是爱笑的你，真的很需要人疼

PART 4

【情商】余生不用你指教了，因为我很酷

PART 5

【解忧】最好的爱情就是互相成全

PART 6

【厨房与爱】一蔬一饭，皆有感情

PART 1【情话】

别哭，我抱不到你

第一封信
一生只爱一个人

经常有人跟我开玩笑："末那，你一定很会说情话吧？"

其实没有，我会写挺甜的文字，但是这些话，真的只会对喜欢的人说。

这个道理我爸在我十四岁的时候就教我了，"那些让人心动的话不能随便乱说，一定要说给心爱的人才行"。

可能很多人不知道，我身上的很大一部分情感基因，都来源于我爸。

他叫北海，一米八一的个子，大眼睛，会画画，会弹吉他唱歌，会下围棋。在他们那个年代，这个条件真的很好了。

有很多的女孩子都爱慕他，有身材好的，有会跳舞的。可他唯独见到我妈，才彻底心动了。

我妈其实是个长相很普通的女人，但是在人群之中，就是有那么一种特殊的吸引力。

我妈温柔寡言，却是一个有大量阅读习惯的人。

我爸第一次到我妈家去，就被我妈的书惊着了，没想到这个女人读了这么多书，家里像书海。

那个时候穷，也没有什么像模像样的书橱，到处都是书，但我爸却被深深吸引了。

自从认识了我妈，我爸的眼睛里就再也没有其他女人了。

十多年后我妈瘫了，没有年轻时那么好看、有气质了，可我爸从来没有动摇过对她的爱。

我妈生病之后，即使躺在床上也会撒娇。有时候旁人都觉得她脾气有点大了，可我爸却只是笑着宠她。

有时候我爸一晚上给她翻十七次身，睡一会儿醒一会儿。他们没法睡在一个床上，但是床离得很近，中间有一个茶几连接，那是我爸给自己做的装置，是爱的连接，我妈稍微一碰，我爸就会醒。

他们两个人在一起有一个很厉害的地方，我妈把这个称为“心通”。就是两个人的心是通在一起的，只是两副躯体，精神是一个，两个人是二合一的状态。

我妈去世之后，他就没有想过要找其他人，有给他介绍的，他坚决不同意，我也跟他提过。

但是他还是那句话：心里再也装不下任何人了，就算是找一个，也是很勉强。没有爱的陪伴是没有意思的，对别人也不公平。

在这样一个家庭里成长，对我的触动是很大的，所以我妈去世不久以后，我就开始写东西。我把很多来自家庭的感悟，与爸爸聊天的内容，慢慢地写成了文章。

我爸说人这一辈子，在爱这件事情上最高的境界就是只爱一个人。

因为爱本身是纯粹的，是一个有温度的事情，而不是泛滥的。

这句话说起来很简单，真正做起来，却要用尽一生。

只希望每份感情都能得到善待，那些相爱的人，都能被对方好好珍惜。

为了寻找你，
我搬进鸟的眼睛，经常盯着路过的风。

思念到极致是什么感觉？

有次开车送朋友回家，送他到家后，我继续往前开，从反光镜看到他一直站在那里目送我离开，直到视线慢慢模糊再也看不清他的身影。

后来见面我打趣道，像生离死别似的。他笑了笑跟我讲起一段故事。

小时候妈妈送他上学，以往他都是飞快地跑进教室。

有天在快要进入教学楼之前，他不经意地转过头来却看到妈妈还站在校门口，见他回头便笑着挥挥手。

那是他记忆中第一次感受到情绪的颤动，突然想流泪，想跑回去，回到妈妈身边抱抱她。

从那时候开始，他用力珍惜跟别人相处的每分每秒。

他说："我们永远猜不到自己明天会如何，但世界上这么多人，无论是亲人、爱人还是朋友，甚至擦肩而过的陌生人，到这一秒你偏偏只跟这些人有交集。”

我们总问为什么生命里有这么多遗憾，末那觉得，应该是我们没有用力地去生活。

用力生活的人，会把每天当成最后一天，会把每次见面当成最后一次，会尽全力去珍惜和拼搏。

思念到极致是什么感觉？

一个男孩每天下晚自习回家在楼下喊，妈，我回来了，然后妈妈就下楼给他开门。

他说：“我妈已经离开我十年了。感觉从她走的那天起，我再也没长大过。”

电影《时空恋旅人》里面，男主得知自己有回到过去的能力，他一直不知道该如何去使用这种能力，他发现自己每天都生活得很忙乱，像一口吞下夹心糖，没有咀嚼所以没有尝出味道。

父亲教他在每天结束的时候，回到每天的开始，重新度过这一天。

在重复这一天的时候，他对陌生人微笑，与同事苦中作乐，和妻子打情骂俏，一切都变得有意义。

生活本身的模样，会顺着你的选择生长。

父亲离开后他总是回到过去，陪父亲打乒乓球、去海边散步、坐在沙发上聊天。

直到有天他再也不能穿越到父亲活着的时间里，才终于明白父亲真正教给自己的道理：

所有的分离都是为了更好的相聚，假如没有相聚的那天，想到我们的离别是用心的，就不必遗憾；

所有的付出都是为了有更好的生活，假如没有回报，想到我们的付出是尽力的，就大可释怀。

想起以前看到的一个故事：

风霜满面的将军下马问路边茶娘："大婶，你知道附近那个说话很温柔的卖茶姑娘住在哪里吗？"

茶娘笑笑："她呀，嫁了个好人家，衣食无忧，听说过得很好。"

将军叹息，从怀中掏出块手绢："请您帮我把这个还给她，谢谢她当年的茶点心。"

日落马远，茶娘小心地将手绢系在手腕，向食客吆喝：老娘今天开心，所有茶水半价。

当你经历了很多的离别，就知道重逢的可贵。

朋友最近有亲人离世了，看到多年未见的远房长辈，若不是对方说出小时候的事情，恐怕完全认不出来了。

谁不曾风华正茂，如今却两鬓斑白。

岁月从不等人，原来有些重要的人一辈子见面的次数屈指可数，原来有些"下次见"会间隔数十年，原来明天"再见"，可能会再也不见。

很多年前，一对情侣在医院做实习生，有天他们大吵一架后开始冷战，紧接着女孩被病毒感染，那次吵架是两个人最后一次见面。

男孩说他不管如何回忆都记不起来吵架的内容，只希望那真的是件天大的事，早知道这样，一定不再让她生气。

有多少人说过，早知道会分手我平时就多关心他，早知道再也见不到我就好好珍惜之类的话。

世上最让人绝望的两个字是"如果"，最无力的三个字就是"早知道”。

“为了寻找你，我搬进鸟的眼睛，经常盯着路过的风。”

《东邪西毒》里盲剑客说：“在彻底看不清楚东西之前，我想再赶回家乡，看看那里的桃花。”

很多年以后才知道，他的家乡并没有盛开的桃花，只有一个叫桃花的女子。

生活就是这样，有时候你听到的是你好，其实是再见。

有人跟你告白，其实他是在跟你告别。

有人说每次告别都要用力一些，末那觉得，珍惜时才要用力一些。

我们不知道明天和意外谁会先来，去见你想见的人，去做你想做的事，就是没有遗憾的生活。

有一天你会发现，你的前半生，
都是为了遇到某个人做准备。

我以为我遇不到你了

01

对面走过来一个人，你撞上了，那就是爱情；对面开过来一辆车，你撞上了，那就是车祸。但是呢，车和车总是撞，人和人总是让。

仿佛比起遇见，错过更像我们的人生。

那天末那忙到很晚才回到家，刚躺到沙发上，手机响了，接起来是老友微醺的声音。

前女友给他发来了一条微信，只有一句话："我下个月要结婚了。"

在一起的时候，他带她去过一家购物广场，那里的停车场很大，他们在里面绕了半小时才出来。

后来他因为工作要出国，两人分手了。

他给她打电话："要是以后你能找到二十分钟带你走出那个停车场的人，就别等我了。"

她给他回复："从今天开始，我再也不去那个停车场了，我会等你的。"

可最终他们还是错过了，朋友说他最后悔的就是没能让她等到他。

我相信，大多数人说"一生"的时候，是真的愿意许之一生的。

只是后来，物是人非，分道扬镳，空留"一生"在破灭那刻，倒是显得有些讽刺。

比起曾经拥有，遗憾更像是卡在我们喉咙里的酒。

02

如果你想和某人说些什么，就在合适的机会说出来，不然，一切都晚了。

那年冬天，末那和朋友在北京一家特色小饭馆吃饭，墙上有很多客人留下的故事。

墙的这一面是"仗剑天涯诗酒花"，墙的那一面是"想得却不可得，你奈人生何？"

有一张纸条写着：喜欢一个女孩七年，从来没有表白过，现在各自都有了另一半，才知道什么叫遗憾。

回到桌子上，吃着吃着，我被一口辣椒呛得厉害。

走的时候，我也给老板留了一张纸条：

"如果一个很能吃辣的人有一天被辣到了，就像一个动了情的剑客有一天连剑都拿不稳。"

老一辈的人总是说，我们这代人稀里糊涂地这一辈子也就过来了，你们这代人就是活得太明白了，所以怎么都不行。

多少人对于爱情，期待又胆怯着，害怕又勇敢着，想迈出一步却不敢抬起脚来。

而孤独曾是一种很稀有的病，然而现在它就像感冒一样随时上身。

03

很多人都得久病一场，直到遇到那个生命中对的人，才能够大病痊愈。

曾经有个男孩打电话向女孩表白：“我喜欢你，做我女朋友可以吗？”

电话的那头没有反应，男生有些沉不住气，又问：“你在干吗啊？”

女孩说：“我在点头。”

原来，遇见也是有出场顺序的。

有一天你会发现，你的前半生，都是为遇到某个人的那一刻做准备的。

你睡觉有个习惯，喜欢开着灯，因为他回家晚。

有一次你忘了开灯，关着灯睡着了，夜深人静，你隐隐约约听到他回家的声音，他走进屋内，第一件事就是亲了你一下。

那一刻，你感觉无比贴心。

所以，你说，深爱一个人的表现，就像走进黑着的房间，他做的第一件事不是开灯，而是找你。

有些人是你生命里的拼图丢失的那一块，遇见才完整。

04

电影《你的名字》里，穿越回来的泷还是不记得三叶的名字，只是此后的多年，他一直觉得自己在寻找着什么人。

终于，在轻轨的往来穿梭中，人群里，泷一眼看到了一个女孩。

再相逢，泷鼓起勇气：“请问，我是不是在哪里见过你？”

女孩转过身，微笑却泪流满面：“我也是。”

在各自不同的故事里，爱情总以一种重逢的方式回来。

《和莎莫的 500 天》里有句台词让我至今念念不忘：

“一个男人和一个女人可以只是朋友，但时不时地，他们会爱上彼此。

“也许只是暂时的，也许时机不对，也许太晚了，抑或是永远。”

喜欢一个人，像是那天我在人群中一眼看到了你月亮般的笑眼，
从此心里便多了一弯明月。

爱是分秒必争的想念

01

之前无意间跟着朋友重温《爱情公寓》。

印象最深刻的一个镜头，是胡一菲对曾小贤大吼：“你脑子里都是屎吗？”曾小贤也不甘示弱，直截了当地回应：“我脑子里都是你啊。”

是啊，当一个男人喜欢你时，你总会不知不觉地出现在他的脑海里。

他可能日子过得稀里糊涂，却能清楚地记得你的生日是几号。

他也许常常邋里邋遢，不懂得打扮自己，可你不知道的是，他见你之前照着镜子把发型理了又理。

他总是忙得晕头转向想睡觉，但为了给你解决工作难题，不顾困倦耐心疏导你半小时。

就算他喜欢窝在家里打游戏，但也心甘情愿陪你逛街吃饭直到你累得喊回家。

对，就是因为你，这个男人开始变得幽默、风趣又努力。

02

“你存在我深深的脑海里，我的梦里，我的心里，我的歌声里。”

当清晨的阳光烫醒熟睡的他，睁开惺忪睡眼的第一件事，就是意识模糊地摸索着手机，期待看到你发来的消息。

就算此刻你坐在他身边，他的脑袋也不停地运转，计划着与你去旅行，手牵手漫步在丽江边，相拥着等余晖落在肩膀上。

即便他被食物的香气诱惑得直吞口水，也不忘抬头看看正在狼吞虎咽的你有没有残渣沾满嘴角，为你递上纸巾，嘴上一番嘲笑，心里一定在直呼可爱。

夜晚恋恋不舍地在路口分别，带着明日相见的期待提早与你相遇在梦里，即使明知这是一场梦，却还是不由自主地扬起嘴角。

03

爱情是甜蜜的，而对于分隔两地的恋人来说，想你时变得苦涩。

爱你是分秒必争的想念，而有时，想念竟格外悲伤。

异地恋是对爱情最煎熬的考验。

时时刻刻地想着你，却不能与你共进晚餐，也不能与你相拥入睡到天亮。

知道你的城市下雨了，却在犹豫要不要开口提醒你打伞，你若是忘记带伞，就算满是担心，也不能在你身旁为你遮风挡雨。

得知一家你喜欢的法国餐厅新开张，却不能与你相约来一场浪漫的烛光晚餐。

见不到你就开始想念你的声音，一听到你的声音就想伸手拥抱你。

只能看着屏幕上你动人的脸庞，咽下对你浓烈的思念。

只能把对你绵长的想念，化成为你创造美好未来的不断动力。

末那听过很多情侣抱怨过异地恋的艰难坎坷。

而末那认为，异地恋是场对爱情的考验，或许我们不必经历考验一样能抵达幸福的彼岸，但当考验挡住了我们的必经之路，我愿为你放手一搏。

04

你们曾经深爱过，却不经意间在无数个失落积攒后走到了爱情的另一个出口。

对男人来说，“失恋是种痛苦的成长”这句话也同样适用。

整个人心心念念的全是你，却要佯装平静，用工作来麻痹自己，没有时间去思考。

一个人回家的路上耳边不再有清脆的碎碎念，也没有那只纤细冰冷的小手塞进衣服的口袋里。

下班回家，一个人面对空旷的房间，房间里没有关于你的回忆，但却全是你的影子。

他也许极力假装不在意这一切，只想静静地抽支烟。

你明明已经离开，你的声音、你的味道却清晰无比。

像是按了暂停键，剧情结束，但还难以自持地深陷其中。

当初那些两个人的回忆如今成了一个人的独家记忆，离开不能倒带，往后的路还要咬着牙走下去。

05

他可能习惯了在每次呼吸时都想起你。

遇见你之前，唱情歌是为了释放自己体内的音乐躁动。

喜欢上你以后，唱出的每句情歌都是在思念你，一个人练习你中意的歌，两个人时哼唱你喜欢的歌。

把对你说不出的情话，通通灌进他的声音里，想用低沉的嗓音征服你看向他的微笑。

以前的他对口红、饰品一窍不通。

现在每每瞥到精美的口红，总想买下来送给你。

一想到你拆开礼物时一脸惊喜，欢呼雀跃，就比湖人队赢了球赛还开心。

无意间瞥见你喜欢的慕斯蛋糕，嘴上不停地嫌弃你胖，却不由分说地买给你。

知道你喜欢喝牛奶，发现新牌子的牛奶就立马拿来让你尝尝鲜。

他也在奇怪自己的改变，什么都能忘记但是无法忘记你。

06

在末那看来，喜欢一个人，像是那天我在人群中一眼看到了你月亮般的笑眼，从此心里便多了一弯明月。

都说男人常常口拙，表达不出自己的心意。

而末那的哥们却在恋爱时化身浪漫诗人，在社交账号上分享自己突发奇想的小情诗。

我绞尽脑汁也想不出是哪一刻开始想念你。

你就这样悄无声息地潜入我心底，于是我满脑子都是你。

你的可爱，你的善良，你的温柔与任性，填满我的脑海，不留一丝空隙。

我想，我大概是喜欢上你这个磨人的小妖精了。

恋爱中的大多数男人联系你时是在认真想你，忙于工作不联系你时是想为了你而努力。

因为你满满地存在于他的脑海里，他迫不及待地想把你装进他的未来，而不仅仅是现在拥有你。

你陪着我的时候，
我不曾害怕路远。

别哭，我抱不到你

01

生活真的很不容易，每个人都在养家糊口，努力过上更好的生活，这背后承受了太多无奈与心酸。

看过一部电影，里面有一幕深深触动了我。

已是深夜，女生拖着疲惫的身体赶上了末班车，刚坐下就听到手机响。

打来的是客户，这个案子跟了两个月，被打回来十几次，她本以为这次总算通过了。

不清楚对方在电话里说了什么，女生只是回应了一句“好的，等我到家马上改”。

挂完电话，她像泄了气的皮球一样，深深地埋下头，任由泪水滴到地上。

那些眼泪里有什么呢?

有孤单、委屈、心酸、焦虑和不甘。

但我看到更多的，是女生的坚强，是把坚强的一面留给外界，只给自己留一丁点软弱的时间。

因为不想辜负之前所有的努力，不舍得所有努力付之东流，所以咬着牙也要继续往前走。

其实，但凡还心存不甘，就是还不到放弃的时候，只要再往前走一步，就能迎来希望。

02

能坚持别人不能坚持的，才能拥有别人不能拥有的。

朋友去年开了一家服装店，那是她近二十年的梦。

筹备期间，有一次她累倒晕过去，进了急诊室。

家人朋友都心疼得不得了，一个劲儿地劝她放弃，换条路走会更轻松。

但她就是不肯，说自己也不知道现在的坚持有没有意义，有没有结果，但如果现在放手，之前所有的努力全白费了，她不甘心。

这个世界上没有人随随便便得偿所愿，你渴望拥有的东西，可能很贵，可能很稀缺，可能离你很远，坚持到底真的很难。

你心里那个遥不可及的目标，有没有机会实现谁也不知道，但如果不全力以赴，一定无法实现。

就像《猎场》里的郑秋冬，一开始是被人踩在脚下的最底层。

慢慢往上爬的过程中，走过弯路，撞过南墙，甚至看着心爱的女人离开也无能为力。

当他终于拥有了一家属于自己的小公司，没有停下来开始享受，而是坚信自己配得上更好的。

有些事情不是看到希望才去坚持，而是坚持了才会看到希望。

那每次的不甘心，不过是在提醒你，现在的你跟想象中的样子还有一定的距离。

03

可如果有人愿意陪你颠沛流离，再远的距离也没关系。

就像读者曾给我的留言：“每次我挣扎、难过的时候，有一个人总能看透我的心，虽然治不好我的心有不甘，但是我好高兴。”

助理跟我分享了一件她亲身经历的事情。

一天晚上，她下班拼车回家，路上听到同行的女孩给男朋友打电话：“今天做的什么饭啊？快饿死了。”

听到男生说“我还没做，正在淘宝”的时候，她的情绪瞬间爆发。

“我已经连续加班五天了，可领导还是不满意，你也明明答应今天做饭，你们怎么都欺负我？”

女生还想说什么，但忍住了，扔下一句“那你玩儿吧”，挂了电话。

结果下车的时候，看到她男朋友早就等在小区门口，笑嘻嘻地迎上来开车门，搂着她宠溺地说：“今天咱去饭店吃吧，刚刚抢到你喜欢的那个沙发，省了好几百呢，可以给你多点一锅肉了。”

那一刻，我猜姑娘心里积攒了那么久的不痛快，都烟消云散了，能打起精神来继续面对乱糟糟的生活。

在孤军作战的路上，谁都需要安慰，需要惊喜，需要小确幸。

需要那些点滴幸福告诉你夜黑透了，接下来就是黎明。

希望有个人懂你，陪你，心疼你。

他会心甘情愿地陪着你，小心翼翼地守护着你生活里的不易。

当你在公司加班吃着泡面的时候，抬头看到窗外灯火昏暗，也不会感到一丝孤独。

当你受了委屈想大哭一场的时候，他的怀抱里有点亮前路的星光。

当你遇到难题手足无措的时候，他的一句“没事儿的”，就是你的定海神针。

他陪着你的时候，你永远不用害怕前方路途遥远。

这世界那么多的巧合刚刚好，
我只想和你刚刚好。

人生若只如初见，余生对我好一点

01

再爱一次吧，余生请多指教。

你跟我时我一无所有，这一次请让我给你所有。

可能年轻的时候，彼此都没拥有太多，也为感情设下了一些条条框框，比如希望遇见一个身材超好、眼神超迷人的家伙。

可后来，真正遇见了，那些其他所有的设想都一一作废，只愿意跟他好好过下去。

我身边有个说要单身到老的朋友，以前家人怎么逼婚、怎么介绍，她都丝毫不搭理，直到她刚好认识了一个人，只是看了一眼，就再也移不开目光。

什么是爱情？时间不是问题，地点也没关系，只要那个人是你。

用力爱过的人，不该计较。

02

一眼就喜欢的人，怎么舍得放手？

别怪缘浅，是你用情不深，相爱的人兜兜转转还会来到彼此面前。

起起落落，兜兜转转，寻寻觅觅之后的义无反顾，世间最幸福的事莫过于突然发现，我决定爱的人原来早就深深爱过。

“是否说过要同去北方看雪景，一晃已是十年前的约定，我答应过你会在演唱会上为你弹琴，就让我的歌随着你远行，一路让你听到。”

我们总是在寻找，它不是我丢失的甜甜圈，所以我不知道它的味道。

它不是我弄坏的包书纸，所以我不知道它的颜色。

它不是我遗落的三角板，所以我不知道它的形状。

但如果有一天，它映入我的眼帘，我一定知道，“原来我一直在找的就是你啊”。那个能够拥抱的人，那个能给你温暖的人。

在快节奏的生活中，速食爱情比比皆是。

03

因为怕麻烦，耽搁不起，好多人选择忽略内心的声音，走了捷径。

什么时候恋爱变成了用各种物质条件去权衡，这更像是一场心知肚明的交易和博弈。

我们甚至开始怀疑为什么要相爱，是什么让两个人在一起。

在我们最年轻的、最浪漫情怀的少年时代，那时候可能没有多少积蓄，也可能没有太多时间，但拥有的却是最炽热纯粹的喜欢。

能给的，都给你；不能给的，也约好了未来一起去争取。可很多人，到了后来再回头，却发现身边的人早已经换了。

这不能不说是一种遗憾。

分开一次，就知道是否非你不可。走了的人再回来，就不要再分开了。

“世间没有比爱更艰难的事了。”

在我一无所有时，你选择爱我；在我披荆斩棘时，你选择陪我。

所以当我一方称王时，我选择余生继续爱你，给你一个属于我们的未来。

04

最好的女人，是在男人一无所有时，依旧愿意跟着他。

最好的男人，是在自己功成名就时，依旧深爱着当初的女人。

这世界那么多巧合刚刚好，我只想和你刚刚好。

且以深情伴永久，如有遗憾，不如找到那个人。

从头来过，余生，还要多多指教。

看得懂的，都不是命运。说得清的，都不叫爱情。忘得了的，都不是遗憾。

听得见的，都不是伤心。躲得开的，都不是缘分。猜得透的，都不叫人生。

真的，只要最后是你，等多久都没关系。

祝愿天下有情人，厮守一生！

在爱情里，
最深的套路，不过是走心。

套路我都懂，舍不得对你用

01

哪怕深情留不住，不靠套路得人心。

末那一直觉得，深情留不住的，都是不爱你的人。而依靠套路得到的，也不会是长久的人心。

一个深谙套路的人，因为遇到另一个人，再也拾不起那些套路，这大抵就是最深切的浪漫和真挚吧。

面对他，之前所有想好的台词全部说不出来，只剩下要怦怦跳出来的心脏。

“啊，我是笨蛋吗？”

“我为什么那样和他说话，本不想说出口的……”

“他肯定不喜欢我，都不怎么看我……”

“我刚才太紧张了，他不会看出来我喜欢他吧……”

手段精明，是拿你当猎物；卸下防备，对你才是爱情。

在真正喜欢的人面前，是释放不出任何技能的，只能慌乱阵脚，缴械投降。

总会有人问我，我要怎么才能追到自己喜欢的人，我回复，只要用心就好了。

在末那看来，在爱情里，最深的套路，不过是走心。

《滚石爱情故事》里，有一段这样的对话：

“我是一个很没有安全感的人，要我为一个人掏心掏肺地付出，我实在是做不到，而且我不想为情所困。”

“可是如果不陷下去爱，你又怎么会知道你是不是真的爱这个人呢？”

“那如果受伤了，怎么办啊？”

“充满伤痕的人生岂不是更精彩？”

因为之前所有的伤痕，都是你爱过的证明。

所以大胆去爱，大胆去受伤，然后大胆去迎接未知的人。

曾有人这么说，男人可以跟不喜欢的人发生关系，但只跟喜欢的人谈恋爱；对不喜欢的人可以有无数套路，对喜欢的人却只剩下一片赤诚。

02

真正爱你的人，是不舍得对你用套路的。

把你套用到他的恋爱模板的人，也要趁早远离。

有些人一辈子都在骗人，而有些人只想用一辈子去骗一个人。

末那的好友是很受女孩子欢迎的类型，说话幽默有趣，举止温文尔雅。

可直到他碰到自己真心喜欢的姑娘，他认真地和我说："我经常给别人出主意，我也看惯了许多套路，我可以把任何不靠谱的事情说得靠谱。但真的碰到自己喜欢的人，才发现不是不会用了，而是不想用了。"

每个人在喜欢的人面前，最想要的是走心，而不是走肾。

在他眼里，对你的心疼大于责备，尊重大于占有。

总有一天你会遇到他，两人只是痴痴地相对傻笑，相坐喝茶。可以一起出去吃碗面，偶尔各自发呆，若有心事，也不会尴尬。

你陪他在雨中等车，细雨绵绵中，他的伞从自己的右手换到左手，右手羞涩地握住了你的左手。

这便是最好的爱情了。

"我那么酷，不会表达，只能拿出真心对你了。"

电影《诺丁山》里，书店的转角，一个英国男人把一杯橙汁洒在了一个美国姑娘身上。

为了补救，他带她回自己家换衣服。于是，一个爱情故事便在预料之中不慌不忙地展开了。

最后女主站在男主面前，几乎颤抖地说："我现在不是什么大明星，我只是一个普通的女人，站在自己喜欢的人面前，请求他爱我而已。"

倘若有一天，一个女孩在你面前，忐忑不安，语无伦次，请你一定要努力忍住笑，然后抱抱她。

因为，她只是捧着赤裸裸的真心和一腔孤勇，想要把自己好的、坏的都给你。

如果你身边有这样的人，舍得对你付出，为你心疼，却从来不舍得对你用一点套路，请好好珍惜这样的他。

“套路哪怕我都懂，也从未想过要对你用。爱你，是我想要用一生去做好的事。”

恋爱嘛，不就是我闹闹，你哄哄，
聊天时怼一怼，见了面抱一抱。

我会跟你闹，说明你很重要

01

每个人心里都住着一个孩子，他天真可爱，但又调皮捣蛋，脆弱且容易受到伤害。

所以只有在他信任的人面前，心里的孩子才会大胆地跑出来，肆无忌惮地玩耍。

如果一个人喜欢你，他会把你当作孩子来宠溺，也会在你面前像孩子一样可爱。

刘青云获金像影帝时，曾向太太郭蔼明说出一段著名的“小飞船”理论。

“每当我驾着太空船飞到不知道哪里时，你总会让我安全返回地球。”

其实不光是女人，所有男人骨子里都是一个男孩。

如果他在你面前永远表现得那么成熟，高冷，无坚不摧，那么很有可能他并没有那么爱你。

我的编辑助理小西讲，有一天她跟男朋友手牵手逛街。

戴着帽子和口罩的男朋友突然戏瘾上身，在人来人往的商场门口使劲摇晃她的手臂，嘴里大声地讲些奇怪的语言，像个白痴一样抱着她喊“不要走”。

小西一瞬间反应过来后笑着附和，抬头发现周围经过的人都在盯着他们看时，真想找个地缝钻进去。

转眼男朋友恢复正常，悄悄对小西讲：“刚刚有对老夫妇很同情地看着你，大概是想这姑娘真惨，年纪轻轻的，摊上个疯子，哈哈哈。”

末那自己也是一样，只有在自己最信任和爱的人面前，才会把可爱的一面放心地显露出来。

一个每天出门脚踩十厘米的高跟鞋，脸上顶着精致妆容的新时代职场女强人在男朋友面前是什么样子？

我的表妹向我很好地诠释了女生快速转变角色技能的强大。工作时一丝不苟，对自己要求苛刻，对同事态度严肃，不喊苦，也从没抱怨过累。

一下班看到男朋友的身影时，大老远地就撒娇喊男朋友过来帮忙拎包。一起吃饭时，一会儿摸摸男朋友的胡子，一会儿吵着想喝酸奶，一会儿又闹着要和男朋友来张自拍合照，折腾个没完。

我用调侃的语气问表妹的男朋友：“她这么闹腾，你不会烦吗？”她男朋友若有所思地挠了挠头，笑着说：“她做什么我都觉得好可爱。”

恋爱嘛，不就是我闹闹，你哄哄，聊天时怼一怼，见了面抱一抱。

02

莎士比亚说过，一个人在一生中扮演着很多角色。

可在喜欢的人面前，每个人都只想做那个想哭就哭，想闹就闹，最真实的自己。

如果有一天你发现我不再跟你斤斤计较，那不是懂事，也不是体谅，而是放弃。

在微博上看到一个有趣的情感段子。

当一个经常跟你吵闹折腾，时常大笑，偶尔又大哭，需要你安慰，聚会吃饭时一直打电话、发信息催你回家的女生像是突然长大成熟般。

对你不吵也不闹，你打游戏到凌晨也毫无不满，你通宵回来发现她早已经熟睡进入梦乡。

你不再看到她难过的样子，当然你也不再发现她脸上真正发自内心的大笑。

恭喜你，你已经找到了一个你曾认为最完美的女朋友，硬要挑出一点不完美的话，就是她不爱你。

请好好享受她跟你吵、跟你闹的时刻，因为那时她最在乎你。

常常有男生在热恋期过后抱怨自己的女朋友爱吵、爱闹、爱折腾，没有了暧昧时的温柔可人、乖巧懂事。

在一起之前是“女神”，在一起之后变“女神经”。

可男生从没想过，每个“女神”都是一个再普通不过的女生。

她们都希望有这样的一个人存在，在他面前可以随意哭、放肆笑、大声吵闹，也不用担心被嫌弃，无论她做什么，他都温柔地包容不会离开，用行动让她感受到他对她的疼爱。

幸福是什么？无非就是她在闹，你在笑。

“我的关心、吵闹和胡搅蛮缠，可能不曾问过你是否想要，但我知道这些东西从不轻易给别人。”

与君初相识，
犹如故人归。

遇见对的人，最好的感觉就是一见如故

01

《世界第一难的恋爱》里有一个比喻：秘书问社长，为什么爱上她？

社长说：“如果你的家里剩了一米宽的地方，你想用来放一个柜子，有一天你去商场一眼看到了一个一米宽的柜子，你心里会有什么样的感觉？”

“刚刚好。”

你喜欢运动，那么能遇见一个跟你一样喜欢在健身房挥洒汗水的人就会很幸福。

你喜欢旅行，那么遇见一个能和你满世界奔跑去探索未知的人就会很幸福。

你喜欢美食，那么遇见一个口味相同，还能陪着你一起不断发现新品种的人就会很幸福。

爱情是一场另样的博弈，过强的对手让人疲惫，太弱的对手令人厌倦。

我们想找的，不过是让我们觉得刚刚好的那个人。

02

两个不合适的人，再怎么努力也走不到同一条路。

两个合适的人，再多的分岔路口也不会走散。

末那朋友圈里有一对情侣，在大学里因为社团活动而相识，两个人都爱看电影，都爱摄影，于是一见如故，甚是投缘。

男生说，两个人想要长时间在一起，真的需要有共同的爱好，不然真的想不到一起去。

虽然现在两人都在创业，都忙，同城差点儿谈出异地恋的派头。

有时我们分开，是为了更好的重逢。

你先去看你的书，我也先去看我的电影，总有一天，我们会窝在一起看同一部电影，谈论同一本书。

感情不仅需要棋逢对手，更要学会用自己的方式向同一个目的地前进。

爱情怕的是一人眼里看见的是所爱隔山海，另一人眼里看见的却是山海不可平。

03

《前度》里，周怡每次遇上一个男人，都为对方改变成他喜欢的样子，一味地妥协却一次又一次失去。她只能拉扯着对方问，为什么你们每个人都这样，说过的话不算话？！

你越是费尽心力地去取悦一个人，那个人就越可能让你痛彻心扉。

人和人之间想要保持长久舒适的关系，靠的是共性和吸引，而不是卑微的屈从或一味的付出。

高圆圆说自己跟赵又廷永远有话聊。

有人评论：

爱对了人，38 岁的高圆圆被宠成了 18 岁；

爱错了人，18 岁的我被气成了 38 岁。

刘青云在圈内是出了名的不合群，却和老婆郭蔼明总是成双结对，无话不说。出差的时候，更是毫不掩饰对妻子的思念和眷恋，“当我想你的时候，我就重新读一读我们以前的聊天记录，然后不自觉地傻笑起来”。

世人笑我们太疯癫，我们笑世人看不穿。

那些刚刚好的伴侣们，上能聊天文地理，下能聊家常邻里，心里更是暗暗庆幸着，能遇到这么一个聊得来的人，真好。

然而，遇见最难。

04

上学的时候圈子小，却总有值得着迷的人。

成长以后发现虽然圈子大了，身边却少有真正想拥抱的人。

每个人心里都装着一座冰山，有很多的故事，可惜在陌生的环境里和未知的人身边，无法融化。

比如有个男生在书店看到一个姑娘也在看自己喜欢的作家的书，觉得想聊一聊，可不好意思开口搭讪，于是错过。

女生被一个刚认识的男生表白，没想到在一起后发现完全合不来，心累。

等到一个情投意合的人太难，虚耗太多时间也未必能看清一个人的内心。

其实现在你真正需要做的，是选择一个正确的方式去遇见未来。

如果有一天我开始黏你了，
那你一定是对我最好的那个人。

如果有一天我开始黏你了

01

哥们跟我说，有一天他吃完泡面发现洗洁精用光了，随手用剃须膏洗碗时，觉得要是有一个女朋友就好了。

并不是因为有个女朋友就可以不吃泡面，也不是因为有个女朋友就会有人帮忙洗碗，而是想在洗完碗转身回去时会有个人在那里，等着自己一脸神秘地说："嘿，你猜我刚刚用什么洗的碗？"

我们很多时候想要谈恋爱，不过是希望某一个触动你情感的细微瞬间，可以有人分享。

如果有人问你，你是什么时候开始喜欢一个人的？你可能想半天都想不出怎么回答。

我觉得答案是，在你想把身边发生的一切与那个人分享时开始的。

以前看有人把"我爱你"译成"今夜月色很好"的时候，以为这是东方人的含蓄。

直到有一天看到很好看的月色，特别想把它拍下来分享给另一个人的瞬间，忽然明白了“月色很好”是怎样的心情。

那是和含蓄无关的东西，是一种很直接的情话。

当你想把身边的事情都分享给另一个人的那一刻，你就已经毫无保留地爱上了对方。

晴天，阴天，下雨天，都不及跟你聊天。

有过这种感觉的人都是幸福的，因为可以体验爱之初最纯粹的那一部分。

02

而这世上除了两情相悦，其他的喜欢都是心酸，就像个拿起电话楚楚可怜、渴望被爱的孩子。

很多人都在这段话里看到了曾经某个阶段的自己。

村上春树对恋人关系有一段微妙的描述：

如果我爱你，而你也正巧爱我。你头发乱了的时候，我会笑笑，替你拨一拨，然后，手还留恋地在你发上多待几秒。

但是，如果我爱你，而你不巧地不爱我。你头发乱了，我只会轻轻地告诉你，你头发乱了喔。

我常对自己说，一个男人，要像对待你的猫一样，对待你的女朋友。

末那养过的猫咪就是对它越好，它就越可爱，女朋友也是一样。

无论结局如何，都要用超级细心的表现去对待一个把自己托付给你的人。

03

乐观与悲观有时只在一念之间。

当你被一个人好好爱过，就不会问“你爱我吗”这种问题，常常是当爱你的人走向你，你心里想“这个人可真爱我啊”。

两个人想要在一起，就要努力成为对方情绪的归属地。

我们的快乐可以与很多人分享，但难过只会跟最重要的人说。

喜欢一个人，不仅仅喜欢他开心的模样，也不想错过他失落不开心的时刻。

哪怕你突然有点忧伤，你也知道总有个人会握住你的手，温暖你的心。

喜欢一个人就是和他一起，所有的事情都变得有趣。

总是会有聊不完的话题，哪怕每天讨论最头疼的问题“晚上到底吃什么”，都能用有趣的方式来解决。

即使两个人每天到同一个市场买菜，也是一场充满惊喜的旅程。

如同歌里唱的：“快乐时你不用分心想起我，难过时请一定记得联络我，让我分享你的苦，带走你的忧愁。”

可能他没啥野心，就想每天下班以后都能一起吃饭，然后洗完碗筷挨着你躺在沙发上看看电视，手握在一起睡觉。

但他可以陪你为一点小事开心，为一点小事皱眉。

这辈子遇到这样一个人，让自己无比欣喜说“我愿意”才是最幸运的事。

所谓恩爱，不过就是共享甘甜。

一生这么长，总需要有个人做伴，讲讲废话，凑一桌吃饭，把真实的生活都过完。

猜不透的人最后都变成了回忆，
陪我们走到最后的都是那些能给我们带来温暖的人。

最舒服的关系就是凡事不用猜

01

喜欢一句话："猜忌会让所有的关心变成别有用心。"末那认为最好的关系就是彼此之间不用猜。

两个人之间最累的事就是有话不直说，让对方自己去体会，而感情好的人往往都是怎么想就怎么说。世人之所以崇尚两小无猜的情怀，就是因为这份单纯。

到了一定的年纪你就会发现，你开始谁都不想取悦了，跟谁在一起舒服就和谁在一起。

累了就躲远一点，舒服就靠得近一些，如果相处得很累，就千万不要同路，生活已经如此艰难，为何不让自己过得顺畅些呢？

前段时间一个很久之前的员工给我发来微信，因为他回老家结婚、生孩子，我们已经很久没在一个城市了。

他跟我说："哥，最近感觉工作很累，领导开会或者上司发布的指示，我都需要用力去猜，这不仅占据了我的工作时间，连下班后都需要去揣摩领导今天开会说的那句话的话外音到底是什么。

"我很怀念和你一起共事的日子，你平常有什么说什么，我也不需要猜，那段日子不仅让我成长很快，而且非常愉快，这些是我现在所体会不到的。"

很多人在生活中、爱情中、职场中最不喜欢听到的话就是"你自己去体会吧""你自己琢磨琢磨吧""你好好想想吧"。

可我不是你，让我如何去理解你？

明明可以直接问的事情，却各自揣度，产生误会。

《欢乐颂》里安迪为什么不选择奇点？就是因为奇点身上那些冰冷的利弊分析和揣摩。第一次用餐，奇点就有所隐瞒，他坐着地铁来到安迪的楼下请她用餐，整个过程充满了防备。

第二次用餐，安迪对他充满信任，甚至跟着他来到一个偏僻的私人饭庄吃饭，但奇点的表现令人失望至极。他试探安迪，甚至托朋友去查安迪的车。

安迪走的时候就撂下一句话："不要总是观察我，试探我，考证我。"

相处最重要的就是自在，不带目的性地谈天说地，一旦加入猜忌，味道就变了。

生活里没有傻子，每个人都是聪明人。当你揣摩别人的时候，其实别人也在揣摩你。

真正聪明的人都会带着十分的诚意来，因为他们清楚，只有诚意，才是令人无法拒绝的。

而那些自以为是的猜忌，都成了来日贴在脸上的巴掌。

02

喜欢一个人就要告诉她，不是一个回合又一个回合的试探，也不是拐弯抹角、忽冷忽热，让她捉摸不透。

猜不透的人最后都变成了回忆，陪我们走到最后的都是那些能给我们带来温暖的人。

未来越来越远，曾经越来越长，爱除以时间，原来等于回忆。

当爱情少了眼睛只剩耳朵，你就只相信你所猜测的。

猜忌往往始于猜测，这就像某天你看到爱人和一个异性出去见面，你嘴上不说，心里却开始默默在意。

你故作轻松地问对方，她避而不谈，就以为猜测得到了证实。

后来猜测发了酵，变成了猜忌，你开始死缠烂打地追问，变得歇斯底里，终于在某天提出了分手。

对方被逼得说出了实话："那个男生找我，不过是为了让我帮他挽回女朋友，因为他的女朋友是我最好的闺密。"

你顿时傻眼，发现总有些事别人不方便同你说。

爱人之间可以分享，但不必事事汇报。给对方一些空间，你想说的，一定会分享；你不想说的，我也不会追问。

空间留得越大，彼此陪伴的时间越久。

03

迈克尔·杰克逊说过：“当一个世界充满了仇恨，我们必须依旧敢于希冀。当一个世界充满了绝望，我们必须依旧敢于梦想。而当一个世界充满了猜忌，我们必须依旧敢于信任。”

友情里也是如此，我不用担心你说的哪句话是在针对我，不需要刻意解读。

我们相处起来舒服，一切的谈话和笑点都是最自然的，无须迎合。

所有需要用尽力气维持的，都是不值得留恋的。

最好的关系就是我们站在彼此面前不用猜，你做你自己，我做我自己，我们是两个独立而完整的个体，恰好碰撞出了火花，非常合得来，不需要猜来猜去，不需要谁去迎合谁，只管把自己赤裸裸地放在那，吸引懂的人来。

PART 2【前任】

用力爱过的人，不该计较

第二封信
感谢他没有娶你

提起前任是很扎心的，很多人听到某个人的名字，心里就会隐隐作痛。

我跟很多失恋的人都说过：爱是两个人的事情，永远都是这样。

你在选择了付出真爱的时候，就要做好足够的心理准备，要承担结果。

在一起的时候就要好好相爱，一旦分开，最好的做法是接受，不需要伤心。

你想啊，真正的爱是不会分开的。足够爱，或者真的合适的爱是不会分开的，但凡能分开的，都是不合适的。

很多人分手之后，觉得再也无法相信爱情，再也无法爱任何人了。

其实这是用错误的结果惩罚自己，你不应该放弃别人爱你和你再爱别人的权利。

真正爱对了人，是没有任何人能拆分你们的，但凡能被拆分的，本身就是一场错误，你理解成错误就可以了。

人在感情上最恐怖的一件事情就是把假象当真相，明明你经历了一场假象，你自己却把它当真了。

就像你撞南墙，你撞到南墙了，这个墙你怎么撞都撞不倒它，那就放弃吧，不要非得把它撞倒。

你爱上一个不可能的人，你再继续爱他，你只能放大自己的错误，永远放大下去。

再给所有女孩子一个忠告：对前任最好的态度，就是感谢他没有娶你。

他能和你在一起，又轻易地丢掉你，去爱上另外一个人，所以说你要感谢，庆幸这个故事戛然而止。

你错的时间并不长，比那些错了十年、二十年又分开的，你要走运得多。

其实很多人分手很久之后都感叹：曾经那么喜欢，分开后才知道，谈恋爱这件事并不是什么非你不可，只是在恰当的时间，出现在了刚刚好的位置罢了。

总之，走出失恋的方法，就是尽快找到自己真正对的那个人，这是最快的方法。

你会发现世界真的很奇妙，吸引你的人有很多，比那个人更爱你、对你更好的，也大有人在。

你只需要感谢他，给你一段经历和陪伴，哪怕是场美好的错误，但是放手以后，就各自活出精彩吧。

网上有个段子是这样说的：一个合格的前任，就应该像死了一样。

既然两个人在爱情上是错误的，那么分开了以后就应该是各自过好余生，互不打扰。

尤其是不要找受到伤害更深的那一方，不要给他一点点打扰，这就是对他最大的恩惠。

不要给关心，不要给任何的温暖，因为你不需要他了，他也不再需要你了，彼此都从对方的世界消失吧！

你过好你的，我过好我的，即使我心里面还有你，也请你不要再出现在我眼前。

可能有一些人不认同我说的，但我认为最好不要当朋友，因为不能成为朋友。

两个人分开了，这本来就是一场错误。

那么用力爱过的人，在分开的时候，能给对方最好的礼物就是不打扰。

HOUSE OF
GARRARD
HOUSE OF
GARRARD
UNCLE MONA

这世界本如露水般短暂，
凡事都会过去的，好好认真爱过就好了。

放下一个人，从此不联络

01

我挺喜欢和其他人聊天的，在不同城市，跟拥有不同经历的人。听他们说一些故事、情绪，或是悄悄话。

有个杭州的姑娘跟我说，去年冬天，跟谈了五年的男友分手了，相爱这么久，本来快要结婚了，男友突然说不结了，他爱上了别人。

她感谢他的坦诚，可心里却也被深深地刺痛。后来，她花了很长一段时间来让自己走出阴霾。在社交网络里消失，去旅行，去学不同的技能，让自己忘掉这一切。

王家卫的《春光乍泄》里，有一幕让我印象很深刻。

张震就要离开这座城市，递给梁朝伟一个录音机，告诉他："把你的心事说出来，我帮你留在世界尽头。"

等张震走开后，梁朝伟对着录音机，沉默很久，突然掩面哭了起来。

后来张震到了世界的尽头，他说，不知道是不是录音机坏了，总之，什么声音都没有，只有两声很奇怪的声音，好像一个人在哭。

有人说，失去一个深爱着的人时，就像是身体里的某部分被抽离，再也不会回来了。

有些歌，你会再也不敢听；有些地方，你会再也不敢去；有些日子，你会害怕不自觉地想要准备礼物。

但是既然已经分开了，就没有必要再为对方伤神了。失恋后，你拥有大把的时间去做自己喜欢的事情。

后来那姑娘有没有谈恋爱，我不得而知，但我觉得她是真的放下了。

02

人有时候很倔，很不甘心，很希望自己能够牢牢地把握住自己拥有的，但面对无可奈何的现实，大家都学会了接受，也学会了握手言和。

只有完完整整放下上一段感情，才是对自己最大的宽容。

很多人恋爱的时候相处得很愉快，却在分手的时候撕破脸皮，吵得很难看，其实真的没有必要。

因为在一起的时候，彼此感情是真实的，那时候怦然心动，欢呼雀跃的心情，不是虚假的，而是绝对的真情流露。

大家爱着的时候都是真的爱，那不爱了，就干脆放手，这样也算是放过自己。

到了这个年龄，有很多人都不再相信永远，因为时间在变，人也在变，分手的可能性永远存在，任何行为与契约都无法保证。

无论是恋爱中还是结婚有了孩子，或者你优秀、上进、条件好，不爱了就是不爱了，你无法强求，只能眼睁睁地看着他从你的世界里消失。

失恋的感觉当然很不好受，就像一瞬间被人抽走了所有的精力，开始对一切丧失兴趣，缺乏热情。吃不好饭，睡不好觉，每天都回忆和他的过去，每天还是会不停地去看他的微博，不知道会看多少遍，甚至梦里都有他。

这一段时间当然会很难熬，但我仍然想告诉你，过去的，就让它过去吧。爱过、恨过、怨过、念过，这都没有什么，无论多悲伤，都不要记恨，也别埋怨。

爱一个人，本来就是有风险的，爱情从来不是一场稳赚不赔的赌局，我们只能尽量让自己离开得好看一点。

总会被拒绝，感到屈辱和痛苦；总会失恋，感到痛苦和不甘。这是每个人年轻时都会经历的，有半年时间，伤心够了也就淡了。

这世界本如露水般短暂，凡事都会过去的，好好认真爱过就好了。

我们不去奢求彻底忘掉一个人，但是我们一定要学会放下一个人。只有把心底温柔的那部分腾出来，才能有空余来迎接那个真正合适的人。

这世界从来就没有人没了谁会活不下去。决定一拍两散了，那么从此就不谈亏欠。默默地在心里感谢曾经的相遇，这才是一段感情最好的告别。

一定有那么一个人，
时刻盘踞在你心中。

我一直在等那个人后悔

01

艾迪是我的朋友，前段时间，和他吃了个饭。我突然想起一个很有意思的老同学，我说，你还记得他吗？

他很快地打断我，别提。可是我根本就没有说出那个名字。

一定有那么一个人，时刻盘踞在你心中。任何的风吹草动，都能让你想起和他有关的一切。

他给你的世界带来过幸福与美妙，你的所有情绪波澜，都因他而起。可到后来，他却发酵成了一场灾难。

我问他，会不会和前任联系。他说，现在不会，因为还不到那个时候。

“要到什么时候才行？”

他说，一定要很优秀很优秀才行。

《了不起的盖茨比》是我很喜欢的一本书，讲述了一个捕捞旧爱的故事。

年轻时候的盖茨比只是普通的军官，没有什么钱，他喜欢上了黛茜，可他却没有能力证明自己可以保护黛茜一生。

年轻时的错过，让盖茨比受到刺激，更为猛烈地将错过转化为对成功的追寻。后来他在黛茜家的对面建了一座高楼，夜夜笙歌，跑车名人来来往往。

所有女人都想对他投怀送抱，但他却对此毫不心动。他拼了命地努力，只是想让那个魂牵梦萦的女人，能够注意到自己的改变。

在网上也看到过这样一个问题：分手后让前任后悔是一种什么体验？

有人说，曾经很想让她后悔错过自己，所以后来拼了命地赚钱，让自己过得很好。

多年之后，听闻对方结婚了，结婚对象收入一般，日子也很平淡。

原本以为她会很后悔当年跟自己分手，以至于现在要为了几百块钱挺着大肚子在雪天出门。

但后来真正见到她的时候，却发现她过得很知足，也很甜蜜幸福。

尽管日子拮据，但是男人对她很好，温柔到不可救药。他们在一起努力让自己的生活变得更好。

直到这时候才明白：真正爱过的人，分开只是因为不适合，也不存在让谁后不后悔。

可能有些感情就是这样吧，注定有缘，但也无份。

分开后，也只希望，两个人都能过得更好，变成更好的人。

02

再说一个我身边的故事。我朋友，大冯。

他谈过一个很多年的女友，从大学那会儿算过来，到工作也有六七年了吧。

念书那会儿，大冯在学校算得上风云人物。他是篮球队队长，带领球队在大赛上拿到过很好的名次。吉他也弹得好听，一群迷妹站在边上听得犯花痴。

后来他喜欢上了一个姑娘，不是那些疯狂给他写情书的，也不是在球场上等着给他递水的，而是一个看起来很普通、斯文干净的女孩子。

大冯说："没有其他原因，就她了。"

两人后来一直在一起，谈到了双方工作，互相见过家长，买了戒指，订了婚，也选好了日子，原本这一切都像电影里那样完美。

然而两人却突然分了手，分手的理由无非是一些小事。女孩子只是说了他几句，结果大冯这人爱面子，就较真了。

最后两人吵得不可开交，彻底翻脸，一个闷声抽烟，一个收拾行李，这段感情算是一拍两散。

"疯子是不可理喻的。"大冯这样对我说。

那是在接近冬天的一个夜晚，他捶着桌子，震得啤酒瓶子直响。

我原本想说："不是你该先向她道歉吗？"但是我对大冯说："她会后悔的，不是吗？"

"反正后悔的不会是我。"大冯醉醺醺地回答道。

分手之后，他好像没事人一样，该吃吃，该玩玩，家里给他介绍的那几个相亲对象，他也一个没落下，兴致勃勃地去赴约。

“自由真好。”那段时间大冯总是把这句话挂在嘴边。整个人好像回到了高中时期，那个没恋爱之前不羁又放荡的浪子。

半年之后，我听别人说，女孩结婚了，和一个条件没有大冯好的男人。

身边有好几个朋友替大冯不值，大冯挥挥手，满不在乎地说：“我这不挺好的吗？！对我而言，这是解脱。况且，我身边根本不缺姑娘。”

说着，他又牛烘烘地跟我们吹起了他最近和一个身材好又温柔的女孩看电影，啤酒咕噜咕噜，一瓶接一瓶。

说真的，我不知道那是他讨论女人时热烈的神态，还是眼泪就着啤酒被咽下的声音。总之那天，大冯看起来并没有他表面上那么开心。

后来在一些聚会上，也见大冯带了一些其他的姑娘，说实话，都不赖，妆化得很好看，头发也很长。

有朋友问他：“这妹子，你足够爱人家吗？”他笑了：“说什么喜不喜欢，舒服就行了。”

“那怎么行呢，结婚不是得找一个特别特别喜欢的才行吗？”

大冯沉默了很久才回答：“和谁结婚都是一样的。”

很久以后，我已经差不多忘了这件事了，也坚信大冯会走出这段感情。

后来他和我说他认识了多少不错的姑娘，工作也很顺利，赚得比过去多多了。

我问他什么时候结婚啊，他说，这有什么好急的，遇到了合适的明天就结。

又过了两年，身边的人都已经结了婚，这次老冯终于发来了请帖：我遇见了命中注定的女人，期待莅临。

我给他回了个电话：“恭喜啊，你小子。”

“嘿嘿。”

婚礼那天办得挺大，百十来号人，会场充满了浪漫的气息，小孩跑来跑去，抢着喜糖、红包，三姑六婆一个劲儿地夸新娘子好看。

新娘不高不矮，不胖不瘦，笑起来弯弯的月牙眼，说话温温柔柔的，和他前女友一点也不像。

印象里他前女友微胖，但是很好看，经常和他互掐，说话大嗓门，笑起来整条街都能听得到。

婚礼进行到中间，司仪带着标准的职业化微笑，对着台下的亲朋喊，要不要让他们亲一个，台下那些人跟着一起起哄。

大冯当着全场亲友的面，大声说：“我爱你。”那个女人回应道：“我也爱你。”

再后来，我和大冯的联系也少了，只是从其他朋友的口中听说他过得不错。

工作蒸蒸日上，家庭和睦，还生了一个可爱的女儿，算得上是走上了人生赢家的道路。

直到很多年后，我回到大冯所在的这座城市，接到他一通久别的电话。那天晚上，他喝得酩酊大醉，手舞足蹈地展示他妻子和女儿的照片。

妻子眉眼温柔地坐在沙发上，孩子戴着小公主帽，神态可爱地在弹钢琴。

“很好啊。”我笑了笑，确实是很可爱的妻女。

他沉默了很久，熄灭了烟，然后用最小的声音对我讲：“你说过她会后悔的，不是吗？”

那是在秋末一天的凌晨两点，球迷大声喊叫，比他更像喝醉的人。

他趴在酒吧睡着了，在与她分开的第八个年头。

多少黑名单，
曾经互道晚安。

我终于把你拉黑了

01

“最近过得怎样？”

不知道你有没有收到过这样的好友请求。明明已经删掉很久了，也很长一段时间没聊天。

本以为两个人就会这样相安无事一生，对方却突然冒了出来。一般看到之后，都会直接忽略掉，或者是暗骂对方阴魂不散。

但也有很多人，原本平静的内心，却被这句话掀起了轩然大波。

很早之前，我在一个微信群里聊天，认识了一个叫 mimi 的女孩，那时候大家都在讨论一个话题：你们删过喜欢的人吗？

mimi 说：“删过，一直在等他加回来。”

两人从高中到大学一直在一起，后来因为很多原因分开了，从傲娇欢喜，到恋恋不舍，到小心翼翼，到彼此陌生。

互删之后，她想这样也好，这样就不会纠结要不要再最后一次主动发消息，也不用再等着、盼着、期待着对方回复了。

我理解那种感受，删掉最喜欢的人真的是撕心裂肺的痛，因为得不到，看到他和别人在一起又会很难过，分开了很久很久还是会想念他。

那时你喜欢一个人，你想让全世界都知道他多好，提到他，你眼里都闪着小星星，到后来，你们两个人的名字再也不相关，只有输入法有时候会故作聪明地让你难受。

早上的时候，mimi 给我发消息说：好可惜啊，竟然是梦啊，我梦到他给我打电话说不如和好吧，我开心得都要哭出来了，结果却只是梦，枕头都哭湿了。

她说，还好我现在不是十六岁的女孩了，我最多会难受，偶尔小沮丧，不会绝食，也不会太颓废，只是很多时候，还是会不可自控地想起他。

有时候对一个人的喜欢或许可以放下，但是对一个人的思念是很难放下的，那种感受扎根心底，你根本驱赶不了。

有时候看到一部电影，听到一首歌，或者到了某个季节闻到某种气味，那些旧的片段和人就会毫无征兆地涌动出来。

他在时，他是世界；他不在时，世界是他，总是时刻牵引着自己的心。

从特别关心到取消，从聊天置顶到取消，从单独分组到大众分组，从都是他的名字的地方到删除。

从互相关注到取消关注，从哪里都是他的东西到清空，后来他在你的生活里再也没有出现。

后来我问 mimi：“那你会主动加他回来吗？”

她说：“不会了，还是就这样思念着吧，不想再联系那个已经成为记忆中的人了，也许互不打扰，才是彼此最合适的距离。”

02

前几天看到一个新闻，有个男人偷偷给前任帮忙，被妻子发现，吵架的时候还弄折了妻子的手腕。

下面的评论清一色地批评这个男人，“这么心疼前任，那就跟前任过去吧”。

身边有个朋友跟我说：“给前任帮忙怎么了？不就是朋友之间互相帮助吗？”

我说：“换位思考一下，假如是你对象总放不下前任，你怎么想？”朋友恍然大悟。

其实不止一次，被问到这样的问题：分手后，要不要做朋友？

这个问题实话讲，我也没有确切答案，即使给出了，也肯定有很多不同的意见，还是具体情况具体分析吧。

我见过相爱多年，分手后风轻云淡，照样逛街聊天的，两个人只是由情侣过渡到了类似家人的关系。

我也见过很多分手后，老死不相往来的，因为见到对方就会想起之前的种种，是眼不见心静，是放不下。

但我觉得吧，分开后，还是尽量不要联系吧。

不要心胸坦荡地去参加她的婚礼，不要任由他在你的好友列表里自生自灭，也不要时不时地跟他聊天互动，问一句：“你好吗？”

你要做的，是把过去斩断，一干二净，过新的生活。这是一种克制，也是对前任的尊重。

要抚平一条伤口，要忘记一段往事，要不再想那个人，最好的方式就是断了联系。

用十秒钟删去对方的联系方式，用十分钟清空所有信息，用十个小时扔掉所有他送的礼物，再用十天的时间，让输入法不再默认打出他的名字。

让对方在心底彻底消失，或者十个月，或者十年。

其实在看不到对方消息的一段日子里，忙碌的生活渐渐淡化了回忆，在不知不觉中，人就走出来了。

从此不会再费尽心思地看他的朋友圈，猜他在和谁约会，又看了哪场电影，不会再对着他的头像沉默半天，不会再犹豫很多次是否要按下向他问好的消息。

有句话说，你总要接受这世上突如其来的失去，比如：洒了的牛奶，遗失的钱包，断掉的友情，走散的爱人。

你曾和他说过无数个晚安，在无数个爱恋的夜晚，无数次你侬我侬的倾诉。

可是一方进了另一方的黑名单，两人可能此生都不再有交集的可能。

从此，你再也不能通过朋友圈了解他的消息，再也不能走进他的生活，也再没有资格把你的关心和问候通过聊天框传给他，然后满心欢喜地等他的回复。

可有时候又觉得，拉黑真的也挺好。

你终于不用像做阅读理解那样去研究他的朋友圈，不用因为要和他说的一句话反复花心思编辑，也不用绞尽脑汁去想和他聊的话题了。

那就这样吧，尽管彼此照亮过对方的世界，但拉黑之后，都回归最初陌生到不能再陌生的人吧！

何来亏欠？我敢给就敢心碎。

分手应该体面，往事不说抱歉

01

突然不被爱了，真的是种极其难受的感觉。

你可能觉得很莫名奇妙，自己没有做错什么，或者做错了，你也没有料想到会是分手等级的惩罚。

声嘶力竭地表明喜欢，很不甘心地伸手想要挽回，却无能为力。

用一个词形容，就是“突然”，让你无法接受这个事实。毕竟一段感情可以把人塑造得温柔，也可以摧毁一个人的内心。

大学那会儿，很多次深夜都听到过有人喝醉唱歌，或者放声大哭。再过一会儿，就会听到学校保安的声音。

但仔细回想，其实分手这件事，两个人都能预感到一段感情的最终走向。

尼尼说当年他分手的时候，就是能察觉到的。

那段时间两人也试了很多次，但是无论是牵手还是拥抱，都没有那种感觉了。

那些新鲜的、怦然心动的、让人很安全的感觉，都消失了。

也许是彼此都累了，终于两个人互相冷战，也就默认了分开的事实。

一周没说话后，对方突然约他出门，说要一起去吃顿饭。他有点不解，前几天还在吵架，为什么现在又装成没事人的样子？

见面后，对方压根儿就没提起之前两人的冷战与对立，而是满面笑容，拉着他去买鸡蛋饼，去抓娃娃。

吃饭的时候，女孩也没有坐在尼尼的对面，而是坐到了他的旁边，贴着他的手臂。

在那段时间里，尼尼突然像是回到了当年刚刚相爱时，内心各种滋味。

吃完饭之后，女孩走到一个路口，突然回过头，抱了抱他，对他说：“我很满足了，我们就这样分手吧。”

然后，她让尼尼停在了红绿灯这头，自己消失在了斑马线上。

往后很多年，再无联系。

02

还有一场分开，是关于我另一个朋友的，她叫佳佳。

她的男朋友要出国工作，而且短时间内不会回来。对方仔细考虑过后，提出了分手，觉得这样对彼此都好。

“那你什么时候回来？”她扶住出租车车窗，头低得只能看见自己的鞋尖。

“也许明天，”他摸了摸她的头发，温柔地说，“也许不会。”

时间定格在机票买好之后的那一天，在僵持了无数个小时以后。两人假装很平静，吃早餐，看电视。然后，感情宣告结束，装在男人整齐的行李箱里被打包带走。

出租车的广播正在播报这座城市的天气，旁边有小车、老人、冰激凌、明信片、甜甜圈、饼干。所有这些细节，都会在未来的哪天被一一回忆起。伴随着眼泪与痛楚，清晰无比。

“我不想你离开。”这是她的最后一次请求。

“对不起。”

她无法抗拒他的话，像是身体每个毛孔发出的指令。

这股力量让她松开了手，她一步一步后退着，也沉默着，此刻她只能眼睁睁地看着出租车越来越远。

可是，只要他停在某处不再往前，即使是在火车轨道上，她也会毫不犹豫地扑进他的怀里号啕大哭。

但是过去的，终将要过去，谁也没有说抱歉。

只能希望分开的时候，彼此能够有仪式感，更加体面一些。

这样若干年后回想起来的时候，也不至于久久难以忘怀。

哪怕最后没有牵到你的手，
也庆幸我的世界有过你，
像这样喜欢着就够了。

分开后，我偷偷爱了你很多年

01

分开后，想忘记一个人究竟会有多难？

有个朋友跟我说，有一次坐公交，迷迷糊糊中突然闻到了很熟悉的味道。

因为开着窗，前面女生刚洗过头发的味道，吹到了他这里。

女生坐在他的前方，看不到她的模样，只能看到她头发很长。

他当时真的很想问问对方，虽然不好意思，但是很想知道她用的什么牌子的洗发水。

过去他喜欢一个女生，两个人拥抱的时候，全世界都是这种香。

之前在留言里面看到一条这样的消息：“分开后，还是爱了他很多年。”

这句话让我想起了电影《阳光姐妹淘》，女主在中学时期暗恋过一个帅气学长，当时她给他画了画像，却一直不敢交给他。

直到二十年后再见，她已经是个中学少女的妈妈，而当年那个英俊少年，此刻也已经是个开店的大叔。

女主把画像悄悄地留了下来，到最后，她也没说出“喜欢你”，也许这一段美好的经历最好的结果，就是这样悄然逝去。

有时候，我们都需要知道这样一个道理：适不适合，喜不喜欢，能不能在一起，这真的是三个不同的问题。

感情这种奇妙的东西无法强求，只能顺其自然。

02

有些人分手之后还是心有不舍，仍然关注着对方的朋友圈。

有些人因为种种原因没有告白，以朋友的名义喜欢了对方好多年。

还有些人在十七八岁的时候就开始互相喜欢了，可有的输给了距离，也有的输给了时间。

有太多的感情都是这样，哪怕再喜欢也就这样了。

我问过我朋友是怎么想的，那时候他因为一个电话，可以跨越几百公里去见对方。

我说：“都分手了，你干吗这么热情？”

他只是耸肩笑笑：“无所谓啊，帮个忙嘛。”

他告诉我，分开后，不希望两个人成为陌生人，连朋友都没的做。

他说自己也想通了，喜欢一个人，未必就要跟她在一起，永恒的方式可能有很多，但是爱情总是最容易溃不成军的那一种，不是每段感情都会开花结果。

所以，有时候也应该庆幸，哪怕最后没有牵到你的手，也庆幸我的世界有过你，像这样喜欢着就够了。

可能在未来的某一天，我会忍住不找你聊很尬的天，我会找一个比你更迷人的家伙，我会把你放在我好友列表的末端直至发霉，我甚至会忘了你的存在。

但我知道，我还偷偷喜欢着你。哪怕你一点都不知情，或者知道了也假装不知道。

真好，谢谢你出现了，让我喜欢了这么多年。

今早真美啊，
幸亏没有死在昨夜。

我不想用离开教会你如何珍惜

01

电影《原谅77次》里，女主有一个本子，用来记录自己原谅男友的次数，有时候是男友脾气太冲，有时候是带她迷路。

很多很多次之后，她终于说了分手。

男主一脸难以置信，觉得女主无理取闹，可事实上前一天，女主一个人去为他打了胎，侧着身子睡在他旁边流了一晚上眼泪。

可这一切，他都毫不知情。

有人说，之所以放弃一个人，是因为发现自己爱他卑微到没了自尊。她可能因为你看电影迟到而跟你提分手，因为你说到没有做到把你拉黑。

但你有没有想过，她之前给过你无数次的机会，你却一次都没有珍惜。到了再也不偷偷看他的时候，就是该说再见的时候了。

这个过程真的很难熬啊，一个人去看了一场电影，可电影散场了，你还是没有回我消息。

我就想啊，肯定是这电影不够长，你哪里会回我消息这么慢。可事实就是这样啊，不是我不爱你了，而是你根本就不在乎我。

所以，你没有想过，一个人悄无声息地把备注改回原来的名字，她该是有多失望。

02

我看过很多恋爱中的人们，好像都会陷入一种死循环：失望，原谅，失望，原谅，失望，原谅。

所以，那些你以前很在乎的人，可能在经历了一系列的事情后，就突然变得没那么重要了。

可能他一声不吭就消失了很久，可能他去了外地之后就越来越冷漠，可能他忘了你的生日，忘了你不能吃辣，可能他跟别人说他一直单身。

曾经你告诉你自己，每失望一次，你就少做一件爱他的事；每失望一次，他在你心里就后退一个台阶。

到后来你原谅了也失望了很多次，但你不会忘记每次心碎的原因。

直到最后一次，你说你不再原谅了。

你清空了你们几百页的聊天记录，删掉了你们所有的合照，你提出了分手，删掉了他。

那些他做过的，他没有做到的，他伤害的，他的好，他的坏，都已经变得不那么重要了。

真正的离开是没有告别的，或许只有失去，才能教会他珍惜。

你想，要是一开始的时候，不对他抱有这么多的期盼，或许现在就不会这么失望了吧。

不过可能在某一天你会突然释然，终于放弃他了，真好，好像一点也不在意他的生活了。

终于不用无时无刻盯着手机，终于不用在洗澡的时候擦手回他消息，终于不用再失望难过了。

到那一天你会感叹，今早真美啊，幸亏没有死在昨夜。

那就这样吧，以后的时光里，我会很好，你也保重。

后来，我们还是在一起了，很多感情扛住了颠沛流离，却败给了世俗的目光。

我一直都觉得，世上最美妙的感觉，莫过于失而复得和虚惊一场。

就像是出门找了很久的东西，回到家竟然发现它安然地躺在床上，或者是在衣橱里翻出一件去年的衣服，意外的是，口袋里竟然有当时留着的零钱，这种感觉真的会让人欣喜若狂。

朋友谈了场恋爱，五年，两人都很喜欢对方，可后来因为家庭原因分手了。

问他是怎么处理和前任的关系的，他说，没处理好，复合了。

电影《一天》里，艾玛和德克斯特在二十年里分分合合，遭遇过误解和分歧。

两人在分开后，都遇到了不同的人，经历了很多之后，还是走到了对方身边。

“我遇见那么多人，可为什么偏偏是你，看起来最应该是过客的你，却在我心里占据这么重要的位置。”

多年之后两人相见，艾玛问德克斯特要不要见见自己的男友。

德克斯特说：“不了。”然后踏上公交车就要离开。

他在即将走远的时候，听到艾玛在大声地呼唤他。然后他下车，两个人紧紧地拥抱在了一起。

艾玛说：“我以为我已经忘掉你了，但很显然，我没有摆脱你。如果你欺骗我，再让我失望的话，我会杀了你。”

很多时候，难以忘掉一个人就是这样，哪怕是装作云淡风轻了，但是只要看到对方一眼，心里就又掀起惊涛骇浪。

重新在一起之后的他们，比之前的任何一个阶段都要爱得认真和用力。

因为在遇到那么多事情后，彼此变得成熟，也懂得了如何去珍惜对方，如何与对方相处。

很多人都说，分手后要把对方删掉，真心喜欢过的人没法做朋友，因为再多看几眼，还是想拥有。

我见过很多感情扛住了颠沛流离，却败给了世俗目光，败给了所谓的不合适。

我真的挺佩服那些不顾一切走到最后的情侣，他们承受了太多，也熬过了太多。

要知道“我们最终还是在一起了”，这句话说出来真的一点也不轻松。

遗忘一个人的过程真的是悄无声息的，
就是突然才发现，自己不再喜欢他了。

攒够失望，就说再见

01

朋友S很认真地告诉我，她已经决定恋爱了，争取下个月就带男朋友回家，明年就能结婚，然后生子。

听到她的打算，我觉得蛮意外的，因为S向来坚持独身主义，反对一切以结婚为目的的恋爱，不将就，不妥协。

早些年S谈了个男友，对方大她几岁，后来因为种种原因分开了。

那几年她过着和单身无异的生活，一个人包揽所有的辛苦和委屈，但她却没有过怨言，始终对未来充满期待，盼望着她的心上人有朝一日来迎接她。

到了最后，满心欢喜的S却只收到了一条跨洋短信：我可能还需要在国外再多待两年，不如我们算了吧。

算了吧，是啊，不等了吧。等了这么多年，等得已经够久了吧。

没人厌恶爱情，而是厌恶等待、猜测、道歉和伤害，以及那无法兑现的承诺。等待太久得来的东西，多半已经不是当初自己想要的样子。

等待和犹豫是这个世界上最无情的杀手，你不知道这个过程需要花费多少时间，时间也许并不会永远给你明天。

有人说，等待是怕被辜负，因为每天都太过全情投入。

所以，如果你终究不会来找我，请不要说喜欢我。我们这一生很短暂，我希望不要互相耽误，互相浪费。

02

“我不等了。”

“为什么？”

“凭什么？”

看村上春树的《挪威的森林》，翻到里面的一句话，很扎心：“不会忘记的永远不会忘记，会忘记的留着也没有用。”

我不知道你在看到这句话的时候，第一时间想起的那个人是谁，但我知道他肯定是你心头的一根刺，历久弥新，悄无声息地盘踞在你的内心深处。

过去你以为你拔掉了，你痊愈了，可事实上它还是会时不时地就痛起来，让你难过且无力。

前不久有个朋友分手了很难过，在朋友圈里发了十多个哭泣的表情，那是在凌晨三点的时候，她大哭了一场。

身边的几个朋友都很担心地陪着她，她擦掉眼泪说，没事的，我已经把他拉黑了，过两天就忘了。

第二天她就把之前的朋友圈删得干干净净，然后似乎恢复了常态，该吃吃，该玩玩，甚至还在群里跟我们发消息说：“赶紧的啊，给我介绍小哥哥啊。”

有很多感情都是这样的，嘴里都是说着忘掉了，表面上把对方的痕迹抹得一干二净，自以为彻底放下了，其实根本没有，对方已经在自己心里生根发芽了。

之前后台有个女孩子对我说：“我把他删了，等了他一个月，结果他真的没有把我加回来。”

我只好安慰她，那就这样吧，总会有更好的人向你发出好友请求。

还有个男孩子，非常厉害，因为他女友每次生气都把他删掉。

所以他私下里建了十多个群，里面只有他和女友两个人，每次女友把他拉黑，他就到群里去安慰道歉。

他说，因为还喜欢啊，根本放不下。

03

电影《原谅他 77 次》里也有这样的情节，女主分手之后拒收男主的消息，也不接受他的道歉和礼物。

但其实她根本就忘不了对方，在对方单膝下跪之后，她心软了，一个拥抱就让她忘掉了之前所有的委屈。

那么一段感情过后，到底怎样才是真正的放下呢？其实很简单，应该是视若无睹。

那时候你以为你永远都摆脱不了他，会日复一日地活在过去的回忆里。

但你更没想到的是，遗忘一个人的过程真的是悄无声息的，就是突然才发现，自己不再喜欢他了。

他在你的生活里就是个普通的存在，甚至连当时为什么会喜欢上他也忘了，过去他给你发消息，让你开心到不行。如今收到了，毫无感觉，甚至有些不耐烦，觉得莫名其妙。

这时候你才发现，你已经彻彻底底地放下了他，他在你心里连一丁点位置都没有了。

真正的不喜欢一个人，是意识不到的，过去你在路上看见一只猫，或是抬头看见一片云，你都迫不及待地与他分享。可是现在再也不会了，因为你已经不喜欢他了。

很多时候我们忽然意识到，我们即将失去某个人的时候，便是我们跟他做出最后告别的时候。甚至用不着第三个人从中作梗，或是经由时间、空间的阻隔，对方亲手把自己从你的生命里一点一点地剔除干净。

直到这时你才相信有时候，有些东西，它的离开是悄无声息的。可能它已经彻底毁灭了，你却全然不知。

直到日后你会发现仅剩一点生活的碎片，或者两个人曾经拥有的残影。可能是看到冰箱里仅剩的半瓶牛奶，可能是窗台随风摇曳的忘了收的衣服，可能是一封信，或者两张电影票。

过去你觉得你还有机会，你不难过，也不遗憾。可是当你发现这些小细节的时候，你会悲伤到不能自已。

直到后来你看到，他愿意去相信一个人，再次把自己全身心地交付于另一个人，毫不犹豫地决定嵌入那人的生命，那么，你便是真正地失去了。

人总是后知后觉的生物，非要等到失去了，才能真正地明白珍惜的意义。

你从一个不谙世事的孩童逐渐成为一个聪明而不世故的成年人，这中间那么长的时光，足够让你遇见很多很多的人。有一些人来不及相送，就已经走散了，但有一些人，在阔别多年后，路边偶遇，仍能一眼认出你，并惊喜地上前拥抱寒暄。还有一些人，一直陪伴在你的身边，哪怕在你歇斯底里的时候，见证了你一次又一次的自私、阴暗、懦弱、偏执，却未曾想过要离开。

感情并非占有，更多的是陪伴，无须过多的停留，等待对方跟上自己的脚步，因为彼此努力的是同一个方向。就好像是黑夜里，行走在相同轨迹的两颗星星。相隔恰好的距离，相互交换彼此的光，陪伴着走过这黑暗的航程。哪怕到了最后，我们不再是一路人了，那么在这分岔路口，就该说再见了。

在一起时彼此照顾，分开后也可以各自成长。

世界辽阔且遥远，我想此后，我们不会也不必再重逢。

虽已隔万水千山，还是祝你一切都好，真心话。

在刚刚好的时间里遇见，
我刚好成熟，你刚好温柔，
两人相处得舒服，就足够了。

绿、青、红

01

有人说，喜不喜欢，合不合适，在不在一起，是三件事。

人生在不同阶段遇到不同的人，也注定了感情的发展轨迹。

有可能此时蜜饯，彼时砒霜。也可能一开始看得上眼的那个人，慢慢地变成你眼前的蚊子血。

小天在十九岁的时候，喜欢那种长发、穿浅色裙子的女孩。所以他喜欢上了同样十九岁的绿。

几乎是一见倾心，为此他付出了很多心血去追求对方。

他会在绿生日的时候，花半天时间对着蛋糕裱对方的名字。

少年时期的感情，总是这样自然而又简单。

他们会在偶尔短暂的假期，到外面吃饭，晒晒太阳。

那时候他们都以为，日子会继续这样下去，两个人会走到最后。但后来两人还是分开了，在一起一年零五个月，和平分手。没有什么太大的变故与缘由，小天总是打篮球打到天黑，他不知道未来在哪儿。

绿希望小天能陪自己更久一点，当然，也替他的未来担忧。后来两人去了不同的城市，那天，正好分手。到后来，度过了几年的单身期。

02

直到二十多岁的时候，小天交了一个新的女朋友，叫青。女孩刚好是他喜欢的类型，温柔，话不多，愿意陪他打篮球到天黑。两人住在一起，小天养了只猫，在面试了好几次都碰壁之后，索性不出门了，每天都躺在家里玩游戏。

青则四处去找工作，劳累奔波。终于，一次忍耐已久的争吵爆发，青搬走了，走的时候留下一句“你还是太不懂事了”。

小天什么都没说，看着她收拾东西离开，他只觉得这一切似曾相识。他发了会儿呆，把游戏一个个全删了，开始重新整理简历。

到了三十多岁的时候，我刚好到小天的城市，他西装革履，开着名车在机场等我。

我问他：“你现在还打球吗？”

“打，不过已经很少了。”说着，他摸着自己日益增长的肚子笑了笑。

03

小天现在的妻子——红，不是长发，不穿浅色裙子，也不会看他打球到天黑。不过小天还是喜欢红，喜欢她的沉稳，还有陪伴他的那份温情。他们之间没有太过激烈的爱情或争执，只有静静相拥，默默陪伴，寂静欢喜。

曾经有很多人跟我讨论“对的人”，我的脑海里闪过绿、青、红三个女孩子的样子，这是小天成长里遇见的不同类型。

绿陪他度过青春最美好的时光，是年少的欢喜；青陪他度过成长阶段最迷茫的日子，是一剂清醒针；红陪他度过漫长又寡淡的油盐岁月，是心定的港湾。

这三个人，其实没有哪个人“不对”，也没有哪个人绝对“对”。

在刚刚好的时间里遇见，我刚好成熟，你刚好温柔，两人相处得舒服，就足够了。

大多数的人在年轻的时候不懂事，只知道你侬我侬，不懂何为好汤慢熬、细水长流，执拗又自我的我们，遇见对的人几乎都会错过。所以倘若等到晚一点，你我各自成长到成熟地善待和珍惜枕边人时，再遇见我们命中的那个人，才能够喜结连理，共度一生。

04

二十岁的青遇见的是二十岁不务正业的小天，所以他们分开了。

十九岁的绿遇见的是一心想要待在球场的小天，所以他们也分开了。

三十岁的红，遇见的不是那个只会打篮球打得满身臭汗的男孩，也不是那个百无聊赖、不知如何生存的男人。

她遇见的是更为成熟稳重的小天，他们彼此都已经学会了如何更好地去处理感情、调剂生活，所以他们相处得十分融洽。

其实所谓的“对的人”，不过只是符合了我们当时的标准，满足了我们那个时候内心的期望。

人都是会变的，生活会让我们不停地变换自己想要的东西，不是因为谁不够好，只是可能因为时间不对，地点不对，或者出场顺序错了，在彼此都不够成熟、不懂爱的时候，错过了那个人。

我以前总以为，如果能够晚一点，等我们变得更加优秀的时候再遇见爱的那个人，也许所有的结局都会不一样。

直到后来我才明白，命运的齿轮永远都在转动，而结局早已写定，即使给你无数次从头再来的机会，一切也不会有什么改变。

那个陪你喝酒的人，他是无法送你回家的。

这个时候你才懂得，为什么当初命运会安排第一个人出现在你的身边。

至尊宝在没有遇见紫霞之前，他永远不会成为孙悟空；Rose 在没有遇到 Jack 之前，她也永远不会懂得自己想要的生活。

每个在你生命里出现的人，都有原因和使命，喜欢你的人给了你温暖和勇气，你喜欢的人让你学会了爱和自持。

你不喜欢的人教会了你宽容和尊重，不喜欢你的人让你知道了自省和成长。

有时候小天也会一个人想想，其实他还是挺喜欢长头发的女孩的，要是能穿浅色裙子，陪他看球，那就更好了。

但是那些都已经不重要了，身边有一个愿意为他煲汤、为他熨衣服的人，这就足够了。

你要记得那些在生命里陪伴过你，让你成熟的人。

那些让你变得完整，懂得去爱的绿、青、红，对你而言，她们都是对的人。

让我最后再对你说声，
你好，再见。

用力爱过的人，说再见时要充满仪式感

一个男人，在兑现承诺的时候最帅。现在这个年代，承诺只不过是两个字而已，而对于他来说，“一言既出，驷马难追”。

我不能眼看着曾经为你做出的承诺，随青春一笑了之。毕竟，爱过的人，说再见时要充满仪式感。

如果回不到过去，那么放下就是最好的。还爱着就在一起，不爱了，就说声“你好，再见”。

我们一生会喜欢许多人，但真正念念不忘的只有几个。你真正爱过的人，也只能陪他走一段路。为他展现未来的人，也很可能不是你。

所以，再次见面，我会远远地看着你，不会再走近你，那段距离，才可以让我发挥出我的内心戏。

诺言这东西与时光无关，是自己给自己的仪式感。一个人对承诺的

态度代表了他是否真正成熟。

我把你写在歌里，画在画里，在旅行中纪念你，我并不需要你知道，因为那是我在完成对你的诺言。

如果有一天我们分开了，我每为你完成一个曾经的诺言，就真的又离你远了一步。慢慢地，可能也就真的不相欠了吧。

就像那首歌唱的那样：

“我知道那些夏天就像你一样回不来。我已不会再对谁满怀期待。我知道这个世界每天都有太多遗憾，所以你好，再见。”

很多人明知道两人不可能复合，却依旧被感动得一塌糊涂，其实是大家明白了一个道理，时间留不下旧情人，但能看清真心。

“念念不忘，必有回响”。

曾经我以为你是八九点钟的太阳，让我热情似火，后来太阳成了夕阳，然后就下山彻底看不见了。

你的离开，让我心里有了一道裂痕，我曾恨这道裂痕，但随着成长，我慢慢知道，有裂痕并不可怕，因为那是光照进来的地方。

回不到过去是真的，曾想和你过完余生也是真的。

我们都认为十八岁时该给自己办一场成人礼，其实每次你真正释怀的时候都该给自己办一场。

因为只有在真正不留遗憾的情况下，我们才能大声说出那句“你好，再见”。

PART 3【治愈】

总是爱笑的你，真的很需要人疼

·末那大叔·

第三封信
你要学会做一个有温度的人

很多人谈到治愈，都会说时间能治愈一切。其实我更相信，能治愈一切创伤的是爱，而不是时间。

之前和朋友聊天，他问我，你为那么多人解忧，那你自己难过的时候怎么办？

答案很简单，就是我的父亲。

妈妈偏瘫多年，爸爸就用了大半辈子去照顾她，从无怨言。他总是一边给妈妈翻身做按摩，一边满脸幸福地回忆往事。

他们的感情经历，对我来讲就是一辈子的治愈，无论我碰到什么样的挫折和伤心事，每次想到他们的爱情，都会感觉到温暖。

我就想，我遇到的这些并不算什么，非常渺小。在伟大的爱情面前，什么都可以放下。

以前因为一些事，我真的很受伤，在我难受、情感波动的时候，我就会想起爸爸。

他曾面对过巨大的困难，一个温暖有爱的家庭，一切都向着好的方向发展，可突然到来的一场疾病打破了原本美好的生活。

他是如何面对这样的人生的？很多个夜晚他是不是都在沉默，是不是也会一个人偷偷抹泪？

每次想到这些，我都会觉得我之前付出的、牺牲的，为别人做的事情都是值得的。

我在公众号里写文章，很多读者给我发消息：“大叔，你真的太暖了！”

可能在很多人眼里都觉得我很不错，陪伴了这么多人，治愈了这么多人。

其实我从未觉得自己有多么好，多么治愈。很多时候和我父亲一比，我就不会觉得自己怎么样。

我依然还在想办法去安抚、温暖、治愈每个人，因为我离我爸这个目标还远呢。

有时候也会想，人活在世界上最有意义的事情是什么呢？

写东西这件事，真正让我感到开心的，是文字带给每个人的感染与温暖。

有很多人关注了我以后成家了；有很多即将分手的人，在看完我的文章后又和好了；还有一些人因为我的文章结缘，组成了家庭，生了孩子。

这些对于我来说，就是最大的治愈吧，能够带来好的能量，尽可能去分享爱，做一个有温度的人去温暖别人。

有时候有人对我说，生活好难，工作不顺心，家庭有矛盾，感情也不顺遂，觉得一切都令人窒息，像是沉在了海底。

旁人能说一些话来安慰你，却没办法替你过好这一生。生而为人最大的治愈，其实是自己给自己的。

当我碰到突发事件时我会马上想到我爸爸，这是第一个。第二个我也会想到这个世界上比我的遭遇可能更严重的那些人，那些失去亲人，失去所有的人，生活还得继续，人还得继续活着。

那么我现在面临的这些事都微不足道，除了生死，全是小事。

每个人都是第一次做人，他们都挺过来了，你有什么挺不过来的？

我很多时候都这样想：我碰到的所有事情，这一辈子，除了命中安排，都是必修课。

谁都要遇到困难，所有人都要经历大喜大悲，没有任何人能逃脱得了。

很简单，熬过去，就会更好。

一辈子太长了，
遇见错的人比孤独更可怕。

如果是这样的婚姻，一辈子单身也没关系

01

前两天跟朋友吃夜宵，隔壁桌有两个男人在大声聊天，内容不可避免地传到我的耳朵里。

其中一个人问对方："听说你最近在相亲，有合适的姑娘吗？"

另外一个人说："别提了，没一个能做老婆的。也不知这些姑娘都怎么了，都那么大岁数了还挑，活该她们单身。我就不用犯愁了，有房有车的，还怕没合适的？哈哈。"

听到男人肆无忌惮的笑声，让我想起身边的一个姑娘说过："我拼命地努力读书和工作，就是为了远离只想娶个保姆回家的男人。"

对于女人来说，最大的梦想不是完成结婚这个人生步骤，而是不管是否在婚姻里，都可以成就自己。

爸妈用二十几年的时间将你宠成小公主，为的就是让你在任何事面

前都可以不委曲求全，如果他真的爱你，会更多地考虑你的感受。

聪明的男人，从不会折断自己心爱女人的翅膀。

对于婚姻这件事，末那跟黄磊的思想是一致的，夫妻之间应该永远是情侣。

黄磊说："亲人就是亲人，比如我妈是亲人，我爸是亲人，我闺女是亲人。但我妻子是我的情人、爱人，她是不一样的，在婚姻这件事上，爱情必须是基础。我自己对婚姻的理解是，我们依然是情侣，一生都应该是情侣才对。"

亲人在一起更多的是一种习惯，而情侣应该是以爱情为基础。只有爱，才能让女人时刻保持她那颗鲜活的少女心。

所以，婚后的孙莉越活越像少女，婚姻只是帮她换了个身份，从爸妈的女儿变成黄磊的太太、三个孩子的妈妈，而不是家里的帮佣。

02

这世界上关于婚姻最大的谎言，就是"结了婚慢慢就好了"。

其实根本就没有"慢慢就好了"这一说，如果还未进入婚姻，就被条条框框和琐事填满，未来变好的可能性更低。

最糟糕的事情不是孤独终老，而是和那些让自己感到孤独的人终老。希望你能明白，一辈子太长了，遇见错的人比孤独更可怕。

在《红楼梦》中，曹雪芹为姑娘们设定的结局不是独身就是香消玉殒，而书中活着的，都是一些"婆娘"。

因为曹雪芹深知，姑娘活着总有一天会变成"婆娘"，只有离开世间，才永远都是姑娘。

所以，姑娘要说“死”，“婆娘”要说“活”。

用宝玉的话来说就是：“女孩儿未出嫁，是颗无价之宝珠；出了嫁，不知怎么就变出许多的不好的毛病来。虽是颗珠子，却没有光彩宝色，是颗死珠子。再老了，更变的不是珠子，竟是鱼眼睛了。”

女人希望的，不过是结婚前是女孩，结婚后也依然有一颗少女心。

有个粉丝跟我说：“我三十一岁未婚，目前仍然在亲友的催促围攻下坚持着自己的自由。其实我对婚姻不是没有渴望，但是相对于其他女性可能看得更为理性些，我更追求精神和谐。”

很多人不愿结婚，不是因为越成熟就越难爱上一个人，只是越成熟越能看清那是不是爱，所以不能够将就和妥协。

成熟的爱，并不要求对方为自己改变。

真正成功的男人，他不会希望自己的妻子困于婚姻，他们更希望妻子能在婚姻中活出自我，以此来证明自己的成功。

老婆过得好，才是男人最好的炫耀。

末那想说：不管最后你有没有嫁给爱情，都要先爱上你自己。

过好自己的生活，该来的，都在路上。

我始终认为，
一个人可以天真地活下去，
必是身边无数人
用更多的代价守护来的。

后来她成熟了，却也不爱笑了

01

周杰伦唱《可爱女人》的那年，昆凌七岁。周杰伦在他三十五岁的最后一天娶了二十一岁的昆凌。

他对她说：“我不需要你成熟，一辈子也不需要，你只需要可爱，做我的可爱女人。”

我始终认为一个人可以天真地活下去，必是身边无数人用更多的代价守护来的。

每个可爱女人遇到的男人，都是可以替她挡风遮雨的，而不是给她带来狂风暴雨。

前几天被哥们儿叫出来，刚坐下他就说了一句：“千万别让女朋友太懂事，还是可爱点好，起码那样爱笑。”

他说女朋友上次跟他去迪士尼，她看着拿气球的小孩一脸羡慕地说：“我想要个气球。”

他说：“好。”

女朋友说：“我可不可以再要个棉花糖？”

他看着排长队的人群，叹了口气说：“那就买吧。”

女朋友低头说：“我还想和你一起跟米奇合影。”

他冲着女朋友发了火：“你能成熟点吗？别这么幼稚行不行！”

接下来的日子，女朋友真的变成熟了，她能处理好自己所有的事，出门再也没忘记带钥匙，遇到事都不在他面前哭，只是也不愿对他笑了。

他说：“我以为她成熟一点我会高兴才对，可真正看到她成熟的一面，我竟然开始怀念她的孩子气。至少那时候我还能确定她是爱我的，现在她对我客气得像个陌生人。”

你说女人不会成熟吗？事实是女人天生就比同龄男人更成熟。

末那一直觉得，女人的天真从不轻易对别人袒露。

她任性，是觉得“你不会因为她的任性”而离开；如果有一天她懂事了，是因为变得小心了，不爱笑或许是因为看淡了。

知道吗，一个女人的阅历可以使她听到荤段子不觉得脸红，但她想起你时，还是想穿一件白裙子给你看。

02

再成熟的女人，只要动了心，也会变得天真。

公司 HR 刚来时告诉大家她的年龄，所有人都惊呆了，满脸的胶原蛋白，明明是少女。后来听她讲了一件事，大家就知道了原因。

有一天加完班回家，老公带着儿子出门应酬去了，她想自己煮碗泡面，却找不到燃气灶灶阀，她就给她妈妈打电话问灶阀在哪儿。

她妈妈说："幸好我是你妈，哪个婆婆能受得了这样的媳妇儿？！"虽是一句玩笑话，但背后却是老公一手宠出来的甜蜜。

后来她老公特意在厨房贴了一张纸条，写清楚了阀门的位置。

一个没被生活琐事缠绕的女人，背后一定有个愿意呵护她的男人。

她的老公必定不是愿意逞强做妻子的"父亲"，而是懂她的天真，愿意把她宠成"女儿"的男人。

很多人愿意守护天真，是因为见过成熟，才觉得天真可贵。

有一次我忙到很晚，深夜路上已经没有什么人了，看到前面有个女生冲着空旷的马路喊了一声，她回头对男生说："你也喊一嗓子试试，很解压。"

男生听话地跟着大喊了一声，可能是因为压抑太久，那一声喊得特别响亮。

女生说："谁让你喊这么大声，都把周边的人吵醒了，快跑！"于是拉着男生笑着跑开了，那个夏夜好像也因他们的笑声变得清凉了许多。

末那见过生活中很多优秀的男人，包括我在内，从来没有把相貌放在择偶标准的第一位，排在第一位的应该是可爱、天真，是女人的天性使然。

她可以带你做一些很幼稚但是特开心的事，她可以在生活中无时无刻地给你制造快乐。

她会让你有很大的存在感，也会被你宠得离开你，别人都会受不了，她永远会把你当作她的依靠。

可人永远都是欲求不满。幼稚的时候嫌对方事多、麻烦，真正成熟的时候，又觉得不可爱。

千万别在女人变“成熟”的时候嫌她无趣，也别在她天真时告诉她，“能不能成熟点”。

如果她涉世未深，就带她看遍世间繁华；如果她历经世事，就带她坐旋转木马。

在我眼中的真爱，就是无论你变成什么样，我都爱。

越来越多的女生不愿意主动要礼物了。

爱不爱你，过个生日就知道了

01

想起之前在网上无意中看到的标题：《男朋友送我九块八包邮的生日礼物，还一本正经地说爱我？》。

女人爱听甜言蜜语是真的，但这不代表甜言蜜语是一切，没有行动力的甜言蜜语毫无价值。

其实男人的相貌并不重要，重要的是有智慧。男人的甜言蜜语并不重要，重要的是能否兑现承诺。男人有多少钱不重要，重要的是舍不舍得给你花。

很多姑娘不怕自己的男朋友没钱，就怕他对自己吝啬。

听一个朋友说起过，她的男朋友在她生日的时候发了 0.21 元的红包，还配字永远爱她，她有些生气，说：“你怎么每次都给我发几毛钱的红包？我同事还给发六块呢。”

男生发现女朋友生气了就说："又怎么了你？行行行，521，这回大了吧，领吧。"

他这种理直气壮的语气把女生给气哭了。

后来两人分手，男生向她要一千元分手费，不给就追着骂，"物质""见钱眼开""白眼狼"，不分白天黑夜地发信息。

女生伤心不已，直接转给他一千元，不想跟他再有任何瓜葛。

舍得给你花钱的男人不一定爱你，但不舍得给你花钱的一定不爱你。

那些嘴上说着"拿两百红包考验爱情的女孩不是好女孩"的男人，大多连二十元红包都舍不得发。

我想男生应该要明白一点，虽然女人在乎的不是价格而是心意，但如果你总是发几毛几块的红包，任谁也无法接受这样的"深情"。

大部分女生都是，我要你肯给我花钱的态度，但我不要你给我花钱，然而很多男人没有这个态度，却给女人冠上"物质"的头衔。

我问过公司的姑娘们，如果不喜欢的男生给你发很大的红包，你会收吗？

她们的反应都一样，当然不能收啊，收了就代表要接受他了。

所以，你看，女生心里很清楚什么钱该收，什么钱不该收。

钱在一段感情里到底有多重要？

如果你更重视对方，钱再重要，你也会觉得不如对方重要；如果你更在意钱，对方也许只是你们关系里可有可无的人。

02

年轻时末那记得有个朋友工作不稳定，女生家里不同意，威胁女生要是跟他在一起，就不给付大学的学费。

男生担心自己女朋友完不成学业，再回来的时候拿着张卡说：“这是我所有的积蓄，刚好够你一年的学费，之后的我再赚。”

不爱你的人怕你要得太多，爱你的人就怕给得不够。

爱情就是一个很诡异的东西，所有人遇见它都愿意举手投降。

“我可以少买支口红为你添一双垂涎已久的篮球鞋，你愿意多加几次班为我买心仪的包包。”

爱可以用钱来表达，但钱永远换不来爱。

一个人可以没钱，但要是对爱的人都舍不得花钱，那这段感情可能不是钱能解决的问题了。

因为爱情从来不是你买得起什么，而是你想给他什么。

太懂事的姑娘不敢哭，
她们怕打扰到别人。

什么样的姑娘最让人心疼？

01

末那看过一段很有意思的对话：

“你觉得我怎么样？”

“很好，很懂事，是个好女人。”

“那她呢？”

“她只是个小女人，所以需要我的照顾。”

会哭的孩子有糖吃，懂事的姑娘没人疼。

会在生理期给人让座，会一个人头晕着去打针，会陪朋友看已经看过的电影，会饿了一天却让男朋友先睡，然后到家默默地煮碗面给自己吃。

懂事的你好像从来都不需要别人的照顾，但明明你才是最需要别人照顾的人。

有时忍不住流露出姑娘原本的柔弱，却听到有人说：“装得挺像啊。”

你差点把眼泪笑出来，跟着打趣，“被你看出来了啊”。

今天助理提到一位高中女同学，瘦瘦小小的，总是带着笑，会帮忙买东西、接热水，还会主动帮请假的同学打扫卫生。

别人提出的每个请求，她似乎都不会拒绝。

后来她辍学了，女生们去看她，她刚把大堆衣服从坏掉的洗衣机里抱出来，打算手动拧干。

她父母跟弟弟在看电视，时不时笑出声来。

“我得打工帮弟弟赚学费，你们好好学。”女生们临走时，她说了这句话。

末那知道，并不是因为懂事才没人疼爱，而是因为没人疼爱才懂事。

《破产姐妹》里的 Max 说，我表现得就像我什么都不想要，因为我从没有得到自己想要的。

在蜜罐里长大的姑娘，或许因家教良好而凡事先体贴别人，但她们成长的经历缺乏这种经验。

没人疼爱的姑娘，不懂撒娇，不会索要，哪怕是你的举手之劳，她也甘愿为这生命中难得的光亮而燃烧。

太懂事的姑娘不敢哭，她们怕打扰到别人。

02

你若不能发自肺腑地笑，起码要淋漓尽致地哭。

我们不求依靠别人，也不能仅仅为了做别人的依靠而活。

除了不得不履行的义务，你还可以拥有自己喜欢的人生。

我不希望你太懂事，但我真心希望你有人疼。

你有过这种经历吗？

恋爱的时候，你忙到深夜查攻略准备旅行，你选餐厅订位置准备吃饭，你选造型，还帮他挑衣服准备参加聚会。

你把两个人的生活安排得滴水不漏，但他还是头也不回地离开了。

太懂事的姑娘谈恋爱，一般会有两种结果。

一、他心安理得地接受你的事无巨细，同时你要准备好一辈子去事无巨细。

二、他慢慢冷淡，然后离开你，可能还会丢下一句“你这么强大，自己照顾自己就好了”。

微博上看到一条留言：“我怕给他添堵，有事就自己解决。到最后他却说我不需要男人。”

若太懂事，要么变成理所当然，要么会变成堡垒，把喜欢的人吓走。

你一个人活成了一支队伍，无所不能、无坚不摧，因为你太懂事，所以不想成为别人的麻烦。

但是你忘了，感情像一条食物链，你做得太多却什么都不要，等你力气耗光的那天，习惯了不劳而获的他只有走掉。

人与人之间本就需要彼此亏欠，才能够在余生中不断地你来我往。

别对自己太坏，更别吝啬对他的依赖，偶尔撒撒娇、求抱抱，爱你的人对此求之不得。

末那听过最伤感的话是：“我可能是天生的好脾气，因为我不知道什么是发脾气。”

比起狠话到了嘴边却硬生生地咽了回去，太懂事的你不知道什么是狠话，如何说狠话。

其他小孩吵闹着要玩具，你眼巴巴地盯着柜台说“不想要”。

其他女孩撒娇要红包，你批评自己内心的期许，然后给男友送去礼物。

你删除“自私”的权利，增加“懂事”的义务。

可是这么懂事的你，总是没什么人疼。可是这么懂事的你，才应该有人来疼。

你不该太懂事的，像是建立起一层强大的保护墙，圈住自己，也挡住了想走进你内心的人。

在爱情里面，每个人都需要对方，更渴望被对方需要。

“我想吃变态辣的烤鸡翅，我不喜欢蜜汁味儿的。”

“我想要那个公仔，想要好多年了。”

“我想有个人跟我说，累了别怕，有我在。”

姑娘，这种话没什么不好意思讲，爱你的人不怕你提要求，却怕给你的不够。

爱情不会支持一厢情愿，你的懂事只有被人懂才能长久。

去找一个敢于对他撒娇的人，谈一场不需要太懂事的恋爱。

末那愿你坚强，但不必逞强；无须有人疼，但有幸被人懂。

我们总认为一见钟情才是最好的，
要那种小鹿乱撞、大脑缺氧的感觉。

心动不是答案，心定才是

01

“一段感情带给我们最可怕的是什么？”之前有人这样问我。

我想了一会儿，按照我的直觉给出答案：“最可怕的莫过于错过了一个用力爱的人之后，失去了心动的能力。”

我朋友阿森，他说自己再也不想恋爱了。谈了一场将近十年的恋爱，熬过了异国恋，也争取到了家长的同意，所有的苦难与孤独都熬过去了，但两人却因为一些琐碎的事情分手了。

“忘了是什么原因了，好像是因为我那天约会迟到了，其实也不是，总之……就像是一场早有预谋的分开。”阿森这样对我说。

其实我也是明白的，确实是这样，以前也在一部剧里记下过台词：“分手的理由是假的，但分手是真的。”

分手后的阿森，在很长一段时间里一蹶不振，既不主动找人说话，也不会对那些示好的人抱以热情。

说起来，他条件不错，个子高，人也帅，很多人都说要给他介绍对象，但他一一拒绝了。

有人说，真搞不懂，他是不是眼光太高了，看不上一般的人。

并不是这样的，只是阿森还没有从上一段感情里走出来，他觉得与其被人伤害，倒不如继续孤身一人。

我们都想要被人坚定选择的感觉，需要对方真诚的眼神，不想看到对方犹犹豫豫的样子。

要爱就是非你不可，而不是将就凑合，在一起试一试。

我们都在等一个对的人，都希望以后的生活是更好的，如果等不到真心人，那还不如自己一个人过得潇洒。

后来突然有一天，阿森在群里告诉我们，自己遇到了喜欢的人。

而且很快，两个人越来越甜蜜，见了家长，不到半年就结婚了。

02

年轻的时候，我们总认为一见钟情才是最好的，要那种小鹿乱撞、大脑缺氧的感觉。

可这个过程却是十足漫长的，苦苦等待“理想型”，只会印证我们的孤独，因为我们是怀有目的的，寄希望于爱情，希望从中有所求，就一定会失望。

事实上，尽管这个世界上存在着无限可能，但往往我们遇见的绝大部分人都很难投缘，见到对方的第一眼，就直接归类在路人甲乙丙行列。

不是自己看不上对方，就是对方看不上自己。

甚至，再无感一点，心理台词是这样的："啊……那个人的样子也太傻了吧。""我才不喜欢单眼皮的男生。"

能够互相看对眼，真是太难了。

可是这些事情怎么说得清呢？就像是三个月前，你碰巧认识了一个为你刷地铁卡的男人。

他不高，头发不卷，他没有你喜欢的深邃眼神，没有令你心动的衣着打扮，但三个月后，他却成了你的丈夫。

真正的缘分其实就是这样，就是你遇到一个人，你觉得对了，就是他了，然后你们就顺理成章地在一起了。

而不是你按照模板苛求一段爱情，再找一个怎样完美的人来填这个空缺。

人的一生会碰见很多心动的人，可能会误以为那是喜欢，其实也只不过是某一刻的好感。

当你开始真正顺应你的心，你的幸福就会来临，而之前的一切都是为抓住它做的准备。

毕竟心动不是答案，心定才是。

能陪着你开心的人很多，
能接住你难过的人太少。

总是爱笑的你，真的很需要人疼

01

当你的阅历慢慢变得丰富时，会发现一个人爱你的最高形式是：接得住你所有的负面情绪。

开始，我们以为爱情是害羞的脸，想多看一眼却假装不在意；慢慢地，我们发现爱情是六月的天，只要看见他在，就能快乐半天；后来，我们才懂得爱情是温柔的眼，不管遇到什么，他一个眼神就能让你安心。

因为说“我爱你”很容易，买一两次东西也很容易，接吻很容易，拥抱也很容易。

但在面对你一次又一次的负面情绪时，不是不耐烦，也不是表面性礼貌，是很难的。

哪一刻让你觉得这是爱，而不仅仅是喜欢？

有部日剧中的情景让末那印象深刻：妻子那天不开心，垂头丧气地回家做饭。累了一天的丈夫回家看到饭没有做好，瞥见厨房里一脸不开心的妻子。

丈夫立马跑进厨房询问妻子：“你是不是工作遇到困难了？心情不好就不要做饭了，我们可以偶尔出去吃，换换口味啊。”

说完夺走妻子手里的锅铲，拉着她走出厨房。

妻子顿时露出微笑，紧紧地握着丈夫的手。

夫妻是要一起走很久的人，所以如果我们能做到：对方做得好时夸夸，累的时候抱抱，沮丧的时候亲亲，爱情的保鲜期可能会无限延长。

末那在后台经常收到很多留言。

女人说：“工作一天，笑了一天，很累，每次我老公看到我愁眉苦脸时从不会烦躁，而是温柔地拉着我的手回卧室说悄悄话。”

男人说：“结婚五年了，虽然我跟老婆两个人每天的相处时间只有睡前那几个小时，但我们会分享很多小情绪和烦心事，她就像我最好的朋友，也是我最爱的女人。”

有人说，婚姻是最完整的一种友谊。末那特别赞同这句话。

很多时候，两个人在一起除了爱情，还需要有一种义气，你心烦意乱的时候我体谅，我受委屈的时候你安慰。而不是只有我快乐、你开心的时候，我们才能见面好好聊聊天。

如果连烦恼都不敢向对方诉说，以后的几十年，两人如何携手共进？

如果连委屈都不能向对方倾诉，我们又该对谁说心里话呢？

当我们问对方“你怎么了”时，最怕听到的不是“我最近心情不好”，而是只收到简单的两个字“没事”。

而当我们面露沮丧、心情失落的时候，我们最想听到的是那声温柔的“没事，你不开心就跟我说说”，而不是一句不耐烦的“你又怎么了”。

我发现越来越多人对另一半的要求，不看财富，也不看颜值了。而是希望在自己不开心、受委屈的时候，对方不会无动于衷，也不会说几句敷衍了事的话，不用送些礼物哄自己开心，只需要简单地坐下来陪自己聊几句。

毕竟心凉了，穿什么衣服都暖不了。

03

人人都处在独立和要酷的时代，一定是特别信任你，才愿意给你看自己的脆弱和眼泪。

微博上有句话形容得极为贴切，“每次崩溃的理由在别人看来都是小题大做，只有自己心里清楚这根稻草到底压垮了多少千斤重的难过”。

所以，当对方说“我不开心”的时候，其实是在说“现在我很需要你”。

社会学上有一种成功率极高的交友方式，就是交换两个人最近的烦心事。

因为幸福的模样大都相似，痛苦的原因各有不同。

就像要认识一个人，想走进他的生活，要先了解他的烦恼。

能陪着你开心的人很多，能接住你难过的人太少。

就像聚会前你突然不开心，他不会不耐烦地说你关键时刻掉链子，而是推掉聚会陪你出去走走散散心。

就像你皱眉的时候，他只会觉得心疼，总觉得这个世界给你的不够。

在末那眼里，女人不开心时，男人最宠溺的行为就是温柔地摸着她的头说："带你去吃好吃的，好不好？"而这时女人最可爱的反应就是边抽泣边擦眼泪，说："好。"

最容易被忽略的人，
往往是对我们最好的人。

别把一个对你好的人弄丢了

01

世界上有两种人不会离开你，一种是永远不会离开的，另一种是真心对你好的。

但是，往往这两种人一旦离开，就再也不会回来了。

第一次看《夏洛特烦恼》的时候，印象最深刻的是夏洛跟冬梅说的一番话。

夏洛说："一到冬天我就犯胃病，你就把手搓热了给我暖胃；有一次我掉井里把门牙磕掉了，你就守在旁边陪我，一边陪我一边嗑瓜子，最后你嗑出来的瓜子仁都是给我吃的；冬梅你第一次给我做饭，做的就是茴香打卤面，你说茴香的味道，能让我在将来厌倦你的时候多去回想你的好。"

这段话说完，他才发现冬梅早已嫁给了别人。

那是什么感觉呢？

明明拥有了很多，却常常觉得少了什么，直到某天才发现，那个全心全意对自己好的人，早就被自己弄丢了。

好在夏洛最后从梦中醒过来，还能死死地抱着冬梅不肯放手，还能让一切重新开始。

但现实不是电影，没有弥补失望的反转结局，弄丢了对你好的人也许就再也找不到了。

别把一个对你好的人弄丢，她爱你时多么义无反顾地付出，不爱你时就多么义无反顾地退出。

别在失去后才追悔莫及，这世上最不可追回的就是人心。

很多主动离开的人，不是不爱，而是爱得太累了。

02

“你忙吧，我不打扰你了。”

这是朋友跟前任说的最后一句话，她记得清清楚楚，这句话说过四十三次。

一次比一次的声音小，也一次比一次失望。

我们问她：“确定要分手吗？毕竟是三年的感情。”

她看上去比我们要轻松，笑得很自然：“确定啊，谁会想说第四十四次不打扰了？”

有一次男友去外地出差，手机打不通，消息也不回，她慌得一夜没有睡着，担心男友会出意外。

过了很久，男友才回了消息：“很累，下飞机就回酒店睡觉了，没有看手机。”

过了一段时间，她一个人去外地考察项目，同样是凌晨的飞机，她一下飞机就给男友打电话，但对方没有接。

也许男友睡了，那就不要吵醒他了。

但后来她才知道，男友那天和朋友们唱歌，别人提醒他手机响了，他说：“没事儿。”

世界上最伤心的事，是你没有把我放在眼里，我却已经把你放在心里。

明明是两个人的电影，却始终是我在演独角戏。

终于，她不再因为失去联系而彻夜不眠，不再因为没有问候而难过，更不再对两个人的生活怀有期待了。

大声喊着“我要分手”的人都是虚张声势，真正离开的那刻，就连关门的声音都变得很轻。

我爱你时，可以掏心掏肺；我不爱你时，就可以没心没肺。

谢谢你教会我一个人的生活该怎么过，既然我学会了，也就不再需要你了。

从此两不相欠。

03

爱可以让人不求回报，但是生活在一起需要对方的回应。

两个人在一起，就要你对我好，我心疼你。

爱情就像跷跷板，两边用力才能平衡，只靠一个人付出，很快就会结束。

末那有位朋友的丈夫是自由摄影师，工作地点不固定，有时一天要去四五个城市。

丈夫每次出差，她都会打电话问候："到了吗？吃饭了吗？不许喝酒啊！"

而丈夫每到一个地方，都会给她发很多的自拍，每次回家都会给她带礼物。

虽然两个人没有在一个地方，却比任何距离都要近。

朋友说，有一次没接到丈夫的电话，丈夫回家第一句话就说："你对我不好了，我去外地你都不关心了。"

这件事让她笑了好几天，但是心里很暖。

因为她知道，自己对丈夫的那些好，都被丈夫记在心里。

丈夫给她最好的爱，就是懂得她给自己打那些电话的意义。

还有什么比有人懂你更暖心的事儿呢！

张小娴说："世上最凄绝的事是两个人本来距离很远，互不相识。忽然有一天相爱，距离变得很近。然后有一天，不再相爱了，本来很近的两个人，变得很远，甚至比以前更远。"

曾经要共度余生的人，如今却跟余生没有任何关系，人世间最痛苦的事莫过于此。

你呢，对你最好的人还在身边吗？

如果还在，末那希望你永远都不知道失去一个真心爱你的人有多痛苦。

有个爱你的人不容易，千万不要伤他的心。

她愿意陪你打游戏，你就少玩一会儿，多陪她做她喜欢的事；

她愿意陪你挤公交，你就努力奋斗，让她过上好日子；

她愿意忙完工作还做家务，你就少些应酬，帮她分担。

他生气的时候，你就多点耐心，该拥抱就别只是牵手；

他遇到困难，你就多点陪伴，别让他觉得不被理解；

他愿意为你努力，你就再给他点时间，爱情需要互相理解。

一个真心对你好的人，值得你这么做。

爱情里，最不该让对方觉得一个人过也挺好的，而是应该让对方觉得，必须有你在，每天才值得期许。

一个人真正爱你的时候，
眼里没有欲望，只有怜惜。

可以谈心动的恋爱，但一定要嫁给心定的男人

01

多年前看的电影《重庆森林》，有一幕给我留下了很深的印象。

金城武为睡去的林青霞脱去鞋子，在洗手间用自己的领带沾着水认真擦洗着她的鞋。

他口中呢喃："像她这么漂亮的女人，高跟鞋应该要很干净才对。"

当一个男人动了情，他的一举一动便无关利或弊，不过是情到深处的条件反射罢了。

也正是金城武的温柔，让这个无论什么时候都穿着雨衣、戴着太阳眼镜，一切都很小心的女人，第一次尝到安全感的滋味，所以才敢在他面前无所顾忌地睡着。

女人最爱男人的那一刻，或许就是你带着沉静的柔情，为她用领带擦一只高跟鞋的那一刻；是你心甘情愿放下身份，小心翼翼地照顾她的

那一刻。

那时你不是高谈阔论的专家，也不是叱咤商场的风云人物，只是一个爱她的男人。

一个人真正爱你的时候，眼里没有欲望，只有怜惜，当他想给你的东西远远大过于索取的时候，无疑就是爱了。

02

末那看过这样一个故事：

女孩有两个追求者，一个很有钱，可以买很多东西送给她；另一个没有钱，但有大把时间可以陪伴她。

她问母亲："您觉得哪个男孩是真的爱我？"

母亲说："你不要接受有钱男孩的礼物，只要他多陪伴你；也不要接受没钱男孩的陪伴，告诉他你想要个礼物。"

女孩虽然有疑问，但还是这么做了。

有钱男孩听到"陪伴"两个字，便不耐烦了："我给你花不完的钱，你还不满足吗？"

没钱男孩听完便嘲讽："女人真是虚荣，总是喜欢要礼物。"

看一个人有多喜欢你，不是看他拥有的东西是否舍得给你，而是看他是否愿意给你珍惜的部分。

我见过成功企业家推掉酒局，穿着高级西装，带着妻子、孩子去逛菜市场；也见过北漂青年省吃俭用，攒钱带着喜欢的姑娘去买衣服；还见过餐厅服务生用凉水洗头，担心烧热水太慢会在约会时迟到。

给的轻而易举，只是给；给的弥足珍贵，才是爱。

当他送你礼物时，想的不是他有什么，而是你喜欢什么的时候，就是走心了。

03

朋友跟我讲过一段经历，她和丈夫几年前自驾到西藏，那时候两个人恋爱七年还未结婚。

朋友有些恐婚，自驾更像是一场对感情的考验。

有一天水用光了，因为走错路，也没有遇到商店，两个人大吵一架后谁也不理谁。后来遇到一个骑行者，对方送给他们一瓶水，男友拧开瓶盖递给她，看她喝够后的第一句话是："我给你慢慢倒着水，你洗把脸能舒服一些。"

她眼泪接着就出来了，转身擦泪的那一刻脑海里只有一个想法：回去就结婚，这样的男人放过了就是罪孽！

他如果爱你，遇到任何事第一个想到的人都是你，好的想跟你分享，坏的想替你遮挡。

我们总以为男人动了情，会做一些惊天动地的大事才算数，其实不需要。

他记得你喜欢的菜，买下你偷看了一眼价格牌的衣服，穿拖鞋下楼帮你买早餐，会跟你分享自己的生活，会想介入你的生活。

末那觉得，走心就是我走向你，而你在我心里，爱你就是爱自己。

我在看《爱你就像爱生命》的时候，觉得王小波对李银河就是一个人爱到极致的状态。

他说："只要你还在我身边，我就想对你好，别问我为什么，我也不知道为什么。"

逞强的姑娘，
比会撒娇的姑娘更让人心疼。

懂你的人，才配得上你的余生

01

逞强的姑娘，她们害怕撒娇的时候没人宠，但是当别人真的靠近时，她却会摆摆手微笑着说“我很好”。

不敢让别人知道自己的脆弱，因为怕别人会惊讶地说：“你懂那么多，也会为这种事发愁？”

平时特别会安慰别人，轮到自己，却只能躲在被窝里舔伤口。

朋友有一次参加会议，负责人是个小姑娘，脸色有些苍白。

交流的过程中，她时不时地用笔戳着自己的太阳穴，休息间隙，从保温杯倒出褐色的中药。

结束的时候，朋友说可以送她回家，一直微笑的小姑娘突然就咬住了嘴唇，上车后，一言不发地抹眼泪。

逞强的姑娘，其实是希望能够被读懂，也想有机会示弱。

许多人都有这样一种感觉，当你有足够的能力应对挫折，好像就不必有人再为你遮风挡雨。

而等到自己湿了衣衫，双脚泥泞，才知道坚强的代价是凉到心透。

大家都说成长孤立无援，你要学会独当一面，可是这个世界，不是你逞强，别人就一定懂得你的坚强。

你感觉孤独，恐怕不是没人陪，而是没人懂。

你高高兴兴穿上新衣服，有人会说你乱花钱。

你刚打开一篇好文章，有人说你又喝毒鸡汤。

你制订了新的计划，有人说你何必浪费时间。

02

末那看过一个这样的故事：

富翁看到沙滩上晒太阳的渔夫问：“你为什么不去捕鱼？”

渔夫说：“我今天已经去过了。”

富翁接着问：“可是天还早，你完全可以更努力些，然后就能多赚些钱了。”

渔夫说：“有很多钱用来干吗？”

富翁说：“有了钱，你就能快乐悠闲地在这片美丽的海滩上散步、晒太阳了。”

“我已经躺在沙滩上晒太阳了啊！”渔夫回答。

两个人各执一词，争吵到日落，最后不欢而散。

其实他们都没有错，只是无法互相理解。

富翁可以去夏威夷晒、去巴厘岛晒，喝着红酒晒，吃着龙虾晒。

可渔夫嚼着鱼片晒太阳的时候，只想享受一份清净悠闲。

大家各有活法，但思想不在一个高度上，何必互相说服？

我们不该活得那么累，揣摩不透的心，就不必费力去试探；看不懂的人，也不必劳神去猜测。

人的一生大约会遇到2920万人，但相知的概率不足0.000049，所以你不懂我，我不怪你。

世间最好的默契，并非有人懂你说出的故事，而是有人懂你说不出的心事。

03

许多人觉得，“我爱你，就够了，我对你好，便不用再去了解你了”。

可是他们错了。有时候，懂得比爱更加重要，也更加难得。

以前的邻居，跟我讲过她和老公的恩爱秘诀。

晚上下班之后，老公会开车载她回家，到楼下，她先上楼准备晚饭，老公一个人在车里抽烟或听歌。待老公进门，她刚好把饭端上桌。

吃完饭后，老公会自然地去刷碗，等她忙完工作后，两个人挽着手一起下楼散步。

她说：“二十多年了，他总会一个人在车里待一会儿，梳理当天的情绪，尽量不把负能量带回家，我懂他为人夫、为人父的压力。他呢，也总是主动去刷碗，说不想让我的手变糙，攥在手里的时候会心疼。”

有的人会习惯问：“你爱不爱我？”在爱里步步紧逼。

但其实最好的爱情是相互陪伴、挽手并肩，也相互独立、各自周全。

因为爱，我想要去懂你；因为懂，才能给你更好的爱。

姑娘们都应该明白，他有多好，那是他的，他对你有多好，才是你的。

能读得懂你的内心，听的懂你说的话，配得上你的好，末那觉得，这样的人才值得依靠终生。

廖一梅说：“在我们一生中，遇到爱、遇到性都不稀罕，稀罕的是遇到了解。”

张爱玲给胡兰成的情书，寥寥八字：因为懂得，所以慈悲。

胡兰成回赠：因为相知，所以懂得。

世人都觉得胡兰成配不上张爱玲，但张爱玲想要的，只是一个懂她的男人，懂她的孤傲，也懂她童年留下的阴影。

把心留给懂你的人，不是每个人都有福气当你的知音。

懂你的人，会在你累的时候给你一个肩膀依靠，而不是催你赶路；

懂你的人，总能看穿你的逞强，用一个拥抱温暖你说不出口的艰辛；

懂你的人，哪怕只有一个，也值得用一生的时间，培养一场心有灵犀。

所谓岁月静好，但好不过有个人知你冷暖，懂你悲欢。

世界上哪来的那么多一见如故和无话不谈，
不过是因为我喜欢你。

别费尽心思逗别人笑，去找那个一见到你就开心的人

01

之前有部热播的综艺节目《中餐厅》，看着里面赵薇和黄晓明忙碌的身影，让末那想起一位朋友。

她在事业最红火的时候，毅然辞掉工作跟男友去旅行结婚，两人走遍大半个地球，在泰国开了家中国餐厅。

亲朋好友异口同声地劝过她，毕竟为爱情改变自己的女人，古往今来大多没有好的结局。

她也曾说宁愿一辈子住在办公室，爱情一定要门当户对。

如今无论是照片里还是现实中，她的眼里都是幸福和满足。

结婚五周年的时候，她发了条朋友圈：

“喜欢你不仅是因为你有多好，还因为我变得越来越好。”

有一次朋友聚会她正好回国，见面时她神采奕奕地说：“当时考虑过生活可能会很辛苦，实际上比想象中更辛苦，很多人说我做错了，但我喜欢这种生活，也喜欢改变后的我，只要你喜欢就是对的。”

有很多人问过我：“喜欢一个人应该为他改变吗？”

我听过很多种答案：应该，不应该，看情况。

末那觉得，爱情里从来没有天作之合，爱情不在于该不该改变，而是你爱他的时候，会心甘情愿变得更好，变成自己喜欢的样子。

世界上哪来的那么多一见如故和无话不谈，不过是因为我喜欢你；世界上哪来的那么多从不厌倦，不过是因为我喜欢你，还喜欢和你在一起时的自己。

喜欢一个人的方式可能有一百种，但喜欢别人只是起点，越来越喜欢自己才会完满。

02

好的爱情有种魔力，你总想变得越来越好，总想每次站在对方面前都底气十足，自信飞扬，不卑不亢。

没有人愿意与消耗自己的人在一起，爱情需要彼此赋予对方正能量。

之前几个朋友聚餐，好友小文笑着说了分手的消息。

其实大家并不觉得惊讶，甚至不知是喜是悲。

因为自从她和男友在一起后，再也不是那个爽朗大气、自信从容的女人。而是变得烦躁不安、负能量满满，聚餐时总会愁眉苦脸，甚至餐具掉在地上都像世界末日。

但现在，她说感觉整个人轻松了，爱情真的不是只有喜欢对方就可以，更重要的是不能变成自己讨厌的样子。

我想这段话可以表达出很多人的心声：

我不喜欢自己花费大量时间只为琢磨另一个人的心情；

我不喜欢自己焦虑、患得患失的样子；

我不喜欢自己一天什么事也不做，只为了等待另一个人的信息；

我不喜欢这样没有安全感、毫无自我的自己；

我只想当一个冷静自持的人，永远能跳脱自身看待问题，像一个给自己开刀的外科医生。

我想认真读书，努力工作，到处旅行，努力让自己变得更丰富。

也许我们做不到永远冷静理性地对待任何事情，但我们可以清楚自己是否喜欢现在的自己。

我们大抵会爱上两种人，一种治好了我们的病，一种让我们病入膏肓。

03

不要跟消耗你的人在一起，真正爱你的人会担心不能给你更好的生活，不会让自己的爱变成你的枷锁，会带你去更美的地方探索。

我妈曾告诉我，她当年从众多追求者里选择我爸的原因。不是因为我爸长得帅，也不是因为我爸做菜味道好，而是她只有跟我爸在一起时，才会有一种发自内心的快乐。

人只有做自己喜欢的事，成为自己喜欢的人时，才会对生活全力以赴。

一生太长，别费尽心思地去逗别人笑，去找那个一见到你就开心的人。

末那见过这样一个姑娘，她见到一个男生的时候会忍不住开心地笑起来，挥舞着小手，热情地和对方寒暄，当她收到这个男孩发的微信时，也会忍不住咧着嘴开心地回复。

我想大概她自己都没意识到，她这神采奕奕的样子，与平时完全不同。

后来男生走了，她哭了，她说我好难过啊，我不知道为什么这么难过。

当然是因为你喜欢他啊，傻瓜！

他走了，她才意识到这些笑容意味着什么。

他的离开，不仅带走了她的笑容，连带着那些懵懂的感情也一样回不来了。

如果你一见到某个人，嘴角就情不自禁地上扬，他笑，你也会跟着笑，他哭，你会比他更难过，他的情绪可以随时感染到你，他也可以轻易伤害到你，那你一定是喜欢这个人无疑了。

爱情就是想把所有的情话都说给你听，把所有的笑容都献给你。

在你面前，想戴上最美丽的面具，也想卸下最虚伪的伪装。

往往身体还没靠近，笑容就先藏不住了。

末那有个哥们是出了名的爱老婆，只要老婆一通电话，他就坐不住了，我们总笑他重色轻友。

他就说：“一想到我老婆那张笑脸，我就想马不停蹄地赶去见她。只要一想到我不能去，看到她失望的小脸，我就不忍心，所以你们就忍忍吧，大不了下次再聚。”

有一种笑容会深入你心，慢慢成为你的挂念。

大概，对于一个男人而言，在一天疲惫的工作过后，妻子的笑脸就是消除疲劳的最佳解药。好像只要看到妻子的笑容，就可以动力满满，原地满血复活了。

我听过太多因笑容结缘的爱情，“你为什么喜欢我？”“因为你笑起来很好看啊。”

或许笑容就是对爱情最好的回答，谁能让你笑得肆无忌惮，谁就是那个最能给你幸福的人，无所谓他是哪里人，从事什么工作。

《欢乐颂》里，安迪放弃了奇点而选择了小包总，就是因为小包总能给她带来更多的笑容。奇点一直在教安迪压抑自己的情绪，而小包总却教她如何跟着自己的情绪走，释放自己。他会想方设法逗她开心，把安迪拐到小乡村，厚脸皮地待在她的身边，陪着她。就连观众都能看出和小包总在一起的安迪，变得开心了。

如果你要问末那，应该选择一个什么样的人共度一生？

我的答案不是经济基础好的，不是长得帅的，而是那个能让你笑得最开心的人。

如果一个人连让你开心都做不到，那么他再好也不值得你留恋。

末那觉得在爱情里，很多时候，就是一个微笑的事。

追求的时候，如果能给对方一个肯定的笑容，不是一脸高冷，或许就不会有那么多错过；吵架的时候，如果有人能先给对方一个笑容，或许不会闹到无法挽回的地步。

有时候，一个笑容能解决的事情，就不要让它夸张到更大。

能先笑着低头的人不是傻，也不是懦弱，而是他们更懂得放下自己的情绪，拿一个笑容换一次温柔的对待。

所以，好好珍惜那些爱对你笑的人吧。

愿我们都能遇到那个不需要刻意讨好，更不需要想方设法苦苦维持感情的人，你只需对他笑着，他就可以爱你一生。

PART 4【情商】

余生不用你指教了，因为我很酷

第四封信
你要学会取悦自己

生活这件事，其实我是挺多面的，也不单单是因为我是双子座。

很多人看我写的文章，会把我的形象刻板化，觉得我很严肃，或者有点深沉，但其实不是的。

我也会在网上拍一些视频，视频中的我跟平时看到的是不一样的。

我在写文章的时候，我用文字和照片表达的东西，和我用视频表达的东西是完全不一样的。

在公众号里，我谈的更多的是一些三观和想法。

在这里有一个很重要的原则就是：我要为我自己说过的话，为我传播的观念负责。

但是在视频里的我，我表现的仅仅是我自己，不需要其他人认可，或者模仿。

我就是把一个真实的我展现给大家，没有任何的掩饰，也没有任何的负担、包袱。我想笑就笑，想耍宝就耍宝，因为那就是我。

其实我觉得自己应该算得上是一个很率性、很自由的人。

我一般想去哪个地方，想做一件什么事，我都会很突然就去做了，甚至我自己都没有察觉到任何征兆。

我也不会很在意别人的关注与评价，默默做好自己的事情，只求问心无愧。

杨绛说过：“我们曾如此期盼外界的认可，到最后才知道，世界是自己的，与他人毫无关系。”

我比较喜欢做自己，取悦自己。生活嘛，就是要好好去经历，去感受。

很多人都私信跟我说：“大叔，看你的文字，你一定是个十分温柔的人。”

其实过去我不一定好意思承认，但是一直以来，我都是朝着这个方向去靠拢。

我从一个什么都不懂的毛头小伙子，在经历了岁月的洗礼，以及家庭对我爱的教育后，我好像慢慢地变得柔软了起来。

写东西这件事对我的影响真的非常大，那些有温度的文章，把我变成了一个有温度的人。

有人说，末那大叔，你真的和你文章里面写得一模一样吗？

讲真的，做不到，我敢承认我真的做不到。因为文字就是这样，表达出来的只是一个愿景，只是一个最佳的状态。

当然有些事情也没有绝对做到，比如我说自律，说不熬夜，有时候我还是很晚才睡，还是忍不住在控制体重的时候多吃了些。

我也不会以一个所谓“过来人”的口吻，去教你们如何如何。

真的不要按照鸡汤的标准去选择生活，把别人的话当作自己的生活指南，这是不对的。

它可以给你起到一些辅助作用，它可以让你提早认识到感情的一些问题，或者找到一些方向和慰藉。

还是用心去好好感受生活吧，你一定会找到最适合自己的生活方式。

共勉。

这个时代，
靠谱才是走上人生巅峰的唯一路径。

一个人靠不靠谱，就看这三件小事

01

一个人靠不靠谱，其实就看这三点：“凡事有交代，件件有着落，事事有回音。”

有些人就是这样，他跟你说“好”，你不会觉得他是在敷衍你。

我回忆起当年一位我特别喜欢且尊敬的老师。

他教的班级很多，但是他记得每个人的名字。无论我什么时候跟他讨教问题，即使当时他忙不过来，但不管多久也总能记得回答我。

给他发邮件，永远在十二小时内答复，或者他会自动留言——“不好意思，我在 ×××，你的邮件我将在 × 月 × 日答复”。他回邮件的时间永远是约定那天的上午。

相信每个人聊天时都遇到过这样的情况，聊着聊着对方突然不说话了。

对方隔了一段时间回复你第一句话就是交代他刚刚因为什么事情没回信息。这种人实在不多了。

事事有回音，遇到这种人，都会让人的好感大增。

在朋友圈看到表妹发了张聊天截图，这是她跟老公的聊天记录，也没有什么特别的内容，晚上挺晚了，表妹发信息想让应酬的老公回来时带一份小龙虾做宵夜，她老公看到后回复：好的。

接着她老公发来一张手机屏保的截图，显示电量只剩百分之五，又说道："等下打不通别着急，我应该马上就可以回家了，跟你说一下。"

凡事有交代，一个很小的举动，却避免了不必要的误会，也让女生的心中感到温暖。

看来靠谱的人，真的是时时刻刻都能流露出靠谱的基因。

无论做什么事情都有始有终，突然消失回来后会说明原因，时间观念强，提前安排有规划。

02

今年春节，我的公众号并没有停止更新，不仅是我，我的设计师、助理也都拼尽全力准备文章。

然而过年七天假期，我并不忍心看到他们没有休息时间，谁家都要拜年，谁家也都有亲戚来回走动，朋友同学聚会也一定少不了。

让我欣慰的是，每天在我们的微信群里都有大家提前安排的工作流程跟完成时间，并且最终都保质保量地完成了自己的那部分工作，可能他们失去了一些时间灵活度，但并没有让工作质量受到丝毫影响。

那一刻，我是庆幸的，我为拥有这样的团队感到骄傲。

一个成熟的企业里，需要少数聪明的人和多数靠谱的人。

马云说过，我不需要提点子的人，阿里这么多人，提点子的人太多了，我需要有执行力的人。

如果要让我找一个词包含对美好的所有期待，那就是靠谱。

一个靠谱的人，不会每次都毫无预兆地消失，留另一个人在很长一段时间里惊慌失措。

比如离开一个人。

“为什么不能跟我说清楚，不能跟我好聚好散，哪怕你告诉我你不爱我了，也比现在不声不响要强。”这是前几天我收到的一个粉丝的留言，而类似的留言还有很多。

我看了又心疼又为她觉得不值。

真正成熟的人，就是事事有责任，事事有担当，事事有始有终。

都说分手见人品，冷暴力代表没责任心、没担当、无法善始善终。

靠谱的人最性感，不靠谱的人只会让别人不安。趁早远离，也别遗憾。

03

我看到很多企业招聘中最关键的一条要求，永远都是靠谱。

你问一个人理想中的恋爱对象是什么样子的，答案里一定有一条是靠谱。

我们终其一生不过想找一个靠谱的人共事，结婚。不过是希望听到别人对自己的评价里永远都会有“靠谱”这个词。

这个时代，靠谱才是走上人生巅峰的唯一路径。

对朋友家人，想的和说的一致；对工作，说的和做的一致。

在大事上看一个人的能力，小事上看一个人的品格。

那些能让你放心的人，只要遇到重要的事，你一定就会先想起他。因为不用担心，你交代的事他一定会放在心上，尽心尽力，随时回应，绝不让你焦虑。

对这样的同事和朋友，你也会以礼相待，这就是共事双方的默契。

有一个词叫契约精神，我特别喜欢。我们的生活中太需要契约精神了，工作需要，友谊需要，婚姻更需要。

我们一生的幸福都需要和靠谱的人共同建立。

和有智慧的人交流，和情商高的人谈恋爱，和靠谱的人共事，和幽默风趣的人同行。

人生若能如此，风景肯定美好。

成功和幸福没有捷径，这个世界也没有一条道路可以通往靠谱，因为靠谱本身就是一条道路。

我把我的快乐分享给你，是希望你也有，
而你却觉得我在装。

身边三观一致的人，决定了你的幸福

01

快乐分享错了人，就成了显摆。

你运动两个小时浑身舒畅，想着下次叫上 ××× 一起，结果他们说你不过是在健身房浪费钱，身材还不是那样。

你用辛苦工作攒下的钱出国度假，想看看外面世界的精彩，结果他们说你是土豪任性，花钱找罪受。

你看到一本好书，一时激动恨不得推荐给身边所有的人，结果他们说你装什么文艺，就你有文化。

快乐是藏不住的，可是攀比、妒忌，让原本的心情变了味道。

就像精心做好了饭菜，却没有爱吃的人品尝，放得久了，凉了，它的味道就不对了。

末那觉得，让我们沮丧的不是不快乐，而是快乐的时候发现没有人能分享。

02

真希望你笑的时候，旁边坐着的是一个能和你一起笑的人。

合适的圈子，会接纳你所有的好事却不生嫉妒。

在真正的朋友面前，她从不会认为你显摆，只会由衷地为你高兴。

总有些人看不得你好。

但你却从此看清了哪些是真正的朋友，哪些只是过客。

《老友记》里，钱德勒是职场精英，乔伊是没什么固定工作的演员，但乔伊从没眼红过钱德勒的高收入。钱德勒升职的时候，乔伊高兴得像自己升职了一样。

而钱德勒在乔伊失业的时候和妻子莫妮卡说，我们以后买房子，要带杂物房，这样可以让乔伊在那里养老。

不必把太多人，请进生命里。若他们走进不了你的内心，就只会把你的生活搅扰得拥挤不堪。

生活无须过多陪衬，三观不合的朋友多了，越热闹就越冷清。

03

当然，志同道合指的并不是完全一样，而是我能欣赏你的与众不同。

你喜欢吃路边的小吃，我喜欢吃精致的料理，但我理解路边有路边的特色和美味，也愿意陪你一起寻觅隐藏的各种路边小店。

这并不是三观不合。

但你硬说我吃料理是装，非说路边的小吃才是平民的合理选择，这才是三观不合。

你不热衷旅行，觉得在家里的悠闲就很有趣，但你觉得我说走就走的旅行确实很酷；你对做饭料理一窍不通，但听我讲各种食物的做法，也会觉得很有趣；你喜欢清闲的工作，却愿意支持我四海奔波的人生。

这才是求同存异。

知乎上有一个问题，“去过一百个以上的国家是种什么样的体验？”有一个答案令我印象深刻。“懂得了这世界上没有绝对的正确，能够接受别人有不同的三观和其衍生出来的思考方式。”

人们常常充满偏见，不理解，甚至一言不合就恶语相向，能够接受别人有不同的三观、不同的活法，是多么重要的事情。

它显示着你的待人接物，你的气度，你的胸怀抱负。

04

如果现在的圈子不理想，你不要怕自己不合群的部分。

前两天，我和来餐厅探店的一个编辑聊天。她说有一次她采访到一个很受欣赏的店主，深夜才写完稿，心情还是很开心激动，迫不及待地跟一个朋友打电话，对方听了几句却回应道，你工作太辛苦了吧，还要熬到这么晚，给加班费吗？为了点钱至于吗？

“我努力工作的成就感，我对采访和美食的热爱，我一次次被优秀的人打开的眼界，在他眼里只是钱而已……”

其实你现在真正要做的是让自己变得有趣，等到有一天他们会发现你已经成长为一个超级酷的人，已经在他们远远无法触及的高度。

那些曾经冷嘲热讽的人，反过来要向你请教，如何健身才有效，如何提高工作效率，有没有什么旅游攻略可以分享。

世界上哪有那么多懂你的人？管那些不同路的人干什么？自己生活得开心就够了。

05

这个世界上，能遇到志同道合三观一致的人，并不容易，但真的很有趣。

余华谈起好友莫言说，我和莫言就住在同一个宿舍，我知道他所有的毛病，他也知道我的，但是我们都不说。

三毛与荷西的结合，是彼此都希望与对方结伴而行的结果。三毛说过，只要是三毛想做的事，别人都觉得不可思议，只有荷西觉得理所当然。

愿你的快乐不缺观众，希望你的故事都有人懂。

愿你能遇到一些有趣的灵魂。

真正酷的人啊，
不怕路上的荆棘，他们拿得起，放得下。

余生不用你指教了，因为我很酷

01

什么样的男人或者女人，会让你觉得很酷？

一到过年，大家凑到一起就喜欢怀念往昔，感叹时光。

有人说回首过去一年仿佛一眨眼间，不记得做过了什么就到了今天。

去年有四个女孩一起下决心去减肥，私人教练都请好了，最后只有一个人坚持了下来，这一年她瘦了二十六斤。

男孩在快毕业的时候没有选择去实习，而是每天都埋在工作室里专心作设计，这一年他比赛拿的奖金就有三十万，也因为优秀的专业技能，毕业后轻松地就找到了工作。

我对看过的一段话感同身受："以前觉得去夜店、文身、打洞这些行为很酷。后来发现这些事一点难度都没有，只要你愿意，就能做得到。酷的是那些不容易做到的事，比如读书、健身，这种在大多数人看来想做又坚持不了的事。”

02

回到最初的问题上，什么样的人会让你觉得很酷？

知道自己想要的是什么，有勇气付诸行动，并且能踏踏实实去努力的人，就很酷。

村上春树每天四点半起床，每天写作四小时，每天跑步十公里，而且是二十多年来一直如此。

国际超模刘雯说自己从不迟到，有工作的时候，一定会提前两个小时起床把自己收拾得干净利落。每次到了酒店房间，不管多晚，都会把衣服拿出来挂好。

新认识的企业家，工作再忙，也坚持每周四次健身，每月坚持看十本以上的书，几十年如一日的五点半起床，从没坐过上午九点以后出发的飞机。

这样的人简直太酷了，不是吗？他们有着严格的生活准则，是对自己很有要求的人，所以才能把事业做得那么优秀。

03

每到新旧交替的时候，大家就会变得对自己格外有要求。

每次听说这些例子，大家都会无比激动，跃跃欲试。

比如，我有个爱好摄影的朋友，听说了投稿获奖成名的摄影师事迹后，半年前就说也要把自己的照片整理出来，过年见面一问，现在还没行动呢。

又如，买衣服的时候才敢真的承认自己胖了的事实，信誓旦旦地说从明天起一定早起跑步减肥，结果还不是又睡到了八点。

看大家的新年愿望，都写得光鲜亮丽。

以新的一年做借口，说今年一定开始运动，一定读书，一定抽时间去旅行，结果年年相似。

其实心里都清楚，真的下决心改变的话，随时都可以。

但改变从来都是痛苦的，绝不是针对你。

04

你看他过得精彩，他笑你活得轻松。

瘦了二十六斤的那个女孩，现在发照片被各种夸美，但那种大半年只吃清水煮菜，即使聚会，也绝不任性地吃哪怕一次的日子，你能做到吗?

那个获得比赛奖金三十万的男孩，被他的学弟学妹们和崇拜者奉为男神，可是他的女朋友知道，他为一个比赛绞尽脑汁地准备一个月、两个月、三个月，而且还不一定会有好的结果，那种压力，你能受得了吗?

村上春树也说："人本来就不喜欢承受不必要的负担，因为身体会对运动负荷不习惯。而这是绝对不行的。写作也是一样，我每天都写作，这样我的思维就不至于变得不习惯思考，就像跑步能让肌肉越来越强壮。"

才华这种东西，是一定要靠努力才能被人看到的。

05

很多初识的人都很羡慕我，每天穿名牌衣服，开高档车，出门有粉丝围着，在公司有员工捧着。

生活精彩度丝毫不逊色电影男主角。

羡慕我半夜还能跟朋友一起喝红酒的人不知道我们是忙到十二点饭还没吃，边喝酒提神，边讨论工作事宜。

粉丝看到早上五点钟我发的朋友圈会说“大叔，你起得好早啊”，但其实我不是起得早，我是还没睡。

我常常会在困得睁不开眼睛时又猛然起身记下脑中闪现的想法。

要想做到一般人做不到的事，就要付出一般人付出不了的努力。

因为人生不是电影，人生要比电影辛苦得多。

06

没有一份工作是没受过委屈的。

有的人做着不喜欢的工作，同事们各怀心思，不受老板重用，觉得委屈了自己的才能。

有的人羡慕别人做得风生水起，但自己一做又觉得辛苦嫌麻烦。

即使是自己下了决心要坚持做下去的工作，也难免会有受挫、濒临崩溃的时候。

很多人称刘若英为女神不是因为她的外在，更多的是被她由内而外散发出的气质迷倒。

看过《艺术人生》里这样一个片段，主持人问刘若英：“为什么你总是这样温和淡定，难道你工作上遇到难题、遇到麻烦的时候也不会着急生气吗？”刘若英还是一副淡然自若的神情回答：“那是因为我知道，没有一种工作是不受委屈的。”

经商有经商的烦恼，创业有创业的难处，行行有本难念的经。

经历挫折的时候，往往感觉痛苦大过天，觉得天要塌了，认为自己忍不下去，但熬过去再想想，那些无比痛苦的经历，反而成为你的财富，只是一堂课而已。

你知道坚持住总会被人发现，你知道困难一定有，但只是暂时的，你拥有了能够谋生的能力，也变得更加独立。

让工作成为一场妙趣横生的冒险。

你看那些财务上不自由的人，往往希望越早退休越好。因为工作之于他们，更像是一场无止境的苦役。

而那些实现了财务自由的人们，反而都还在认认真真地工作着。因为工作之于他们，是刺激，是挑战，是成就感，是一场妙趣横生的冒险。

真正酷的人啊，不怕路上的荆棘，他们拿得起，放得下，心里装着大事——成为一直想要成为的自己。

酷是自律，代表了一种人生准则，而不仅仅是一时兴起。

愿你做一个更酷的人。

人生的高度，
不是你看清了多少事，而是你看轻了多少事。

舒服的关系，贵在不计较

01. 不在一些烂事上计较

去年夏天的时候，我和一个项目的负责人去外地办事。

当时我们正坐在车上准备赶去机场，突然有个人从马路边上跳了出来。司机立刻踩了急刹车，所幸并没有人受伤。

但是那人却赖在地上，非说我们的车撞倒了他。很显然，我们遇见了碰瓷的。

司机摇下车窗说：“让让，我们赶时间呢。”对方见我们搭理他了，更是大声嚷嚷，吸引了周围的人聚过来。

负责人气不打一处来，打算下车去讲理。我拦住了他，然后拉他从旁边的门走了，留下司机报警处理。

他在路上愤愤地说：“这种人真的太可恶了。”

我安慰他："没必要去计较，如果你跟他说话，他可能会抱住你的腿敲诈你一笔。飞机马上起飞了，我们还有更重要的事要做。"

其实生活在世上，难免遇见烂事。它们的存在就像鞋子里的沙子，如果非要较劲，只会硌脚，不如把它倒出来。

面对垃圾人，我们最好的应对策略，就是不应对。你的时间比这种人贵得多，跟他们计较和纠缠，容易被拖入他们人生的泥潭里。

有句话说得好："你永远不能战胜一个傻子，因为他会把你的智商拉到跟他那个水平一样的地方，然后用丰富的经验打败你。"

你要做的就是努力向上，尽量避免与此等手段低劣的人纠缠。

02. 不跟家人计较

我有个远亲，之前动不动就和家里闹。妈妈让他在家里找一份稳定的工作，可他不想，非要到外面去。

后来他赌气搬出去住，临走前还说自己永远不会回来，可在外面找了几次工作都碰壁了。

他妈知道后给他转了笔钱，还给他打了很长一通电话安慰他，嘱咐他一定要照顾好自己。

直到这时他才意识到，自己之前多么不懂事，家里人却从来没有跟他计较过。

很多时候我们仅仅因为一些观念的不同，就滥用了语言这把利剑，不经意间，就戳伤家人的心。

但我们忘了，我们能伤到的都是爱我们的人。

生活中的小争执，我们应该尽力去避免。因为和家人争吵，无论输赢都输掉了。

03. 不和对自己重要的人计较

前不久和朋友一起看球，在场还有一位我的合作伙伴。

我和合伙人支持的主队不一样，而且我支持的队领先，所以他一直不服气，一会儿说是裁判误判了，一会儿说是自己支持的球队状态不佳。

我全程没有说话，看完之后吃个饭聊聊天就结束了。

他走后，朋友问我："你那伙伴不太不懂规则啊，说得乱七八糟的，你竟然一句话也不说。"

我说："我从来不和重要的人，计较那些不重要的事。"

每个人都有属于自己的固执，我也是如此，当我认定一件事就很难被改变，所以我更不会说服别人。

尊重别人的选择，不是妥协，而是一种情商和格局的体现。

不要为了一些无关紧要的事去争执，破坏了重要的关系，那些无关痛痒的输赢，谁要谁拿去吧。

04. 不和爱人计较

在我身边有一个朋友，她和她的男友算得上是恩爱的典范了。两个人无论什么时候都很甜，光是一个眼神，都是满满的爱意。

我问他们相处这么和谐是怎么做到的。

朋友告诉我，每次有小摩擦的时候，男友都不跟她计较。无论谁对谁错，总是先服软道歉。

情侣之间难免会有磕磕绊绊。通常女孩生一个人的气，不是真的就不想理对方了，而是希望对方能够在意自己，能够来哄哄自己。

所以，她现在也很懂得体谅男友，不会因为一些小事去吵架。

热爱生活的人不和爱人吵架。

他们善于把自己的家庭变成安稳的港湾，而不是一场飓风。

人活在世上，难免会遇到一些琐碎的事。

过于斤斤计较，只会无意义地内耗，让自己心力交瘁。

无论是对待家人还是朋友，我们都没必要为了一些鸡毛蒜皮的小事和他们针锋相对，到最后只会伤了彼此的感情，也让自己陷入更加孤独的境地。

我们真正能做的，唯有和解。

世上你我皆过客，何必计较那么多?

好的朋友，好的恋人，是你的保护，
却不会是你的障碍。

你的圈子，决定你的幸福

01

话不投机半句多，圈子不同别硬融。

有时候遇到的人真的会让你感觉，跟他说话简直就是在浪费生命。

吃饭时，一直在听一个初次认识的人各种吹，哪个哪个老板是他好朋友，上次去哪买了什么吃了什么，感觉厉害得不行，但一问起细节，又支支吾吾地说不出所以然，听得尴尬症都犯了。

感觉他一说话，就拉低了整条街的智商。

想起网上流行的一句话，不要和消耗你的人做朋友。

交什么样的朋友，就会养成什么样的习惯，进而言行举止都会被影响，可能就会走上一条完全不同的人生道路。

02

远离让你智商变低的朋友，但要选择让你变傻的爱人。

两位罗斯福总统都毕业于哈佛，布什家族四代都是耶鲁校友，小布什在竞选的时候甚至开玩笑说：“我继承了我父亲一半的朋友。”

但他们的优秀，不仅仅是因为家境。如果说，在十几岁时我们是什么样的人，在很大程度上受着家庭的影响，那么到了二十几岁，能决定我们变成什么样的那个人，是我们自己。

所有的距离和阶级，其实本质上都是人自身的差距。你的能力决定了你的社交。

和从不读书的人在一起，慢慢你买书的次数也减少了；与没去过远方的人聊天，你可能真的以为世界就只有这么大。

朋友都是不爱运动的人，约不到人同行的你可能也就放弃运动了。

很多时候，因为你朋友圈的狭小，你变得安于现状，失去了许多本来可以尝试改变的时机。

平静生活有平静的好处，但是，人生就像一本书，不出去走走，就只能看到一页。

03

其实友情爱情都一样，讲究一个势均力敌，但爱情有一点特殊。

朋友不止一个，类型也各不相同，但爱人不同，万千人海，只能选一个人。

有标准吗？大概人人心中的答案都不一样。

但看身边相处和谐的情侣，占最大优势的还是互相需要的类型。

男生不是能拿主意的人，女朋友往往格外果断。

女生如果是瘦小可爱型，找的男友大多是霸道总裁型。

果然我们花一生寻找的，不过是那根自己缺少的肋骨啊。

04

末那很久以前看过一本书，里面有这么一个场景，现在还记得很清楚。

一个朋友问男主，她看起来那么普通，那么柔弱，比她漂亮、比她聪明的女孩子有很多，为什么你选的是她？

男主笑了，你看到她柔弱，是因为那时她在我身边。

而我不在的时候，她比谁都坚强。

突然觉得这大概就是现代女性们的理想模样吧。

我可以单枪匹马闯江湖，什么都不怕；但如果你来了，我就只想做一只在你怀里撒娇的小猫，黏着你。

我一个人也可以活得潇洒，但却只想在你身边被照顾着。

不是没你不行，而是有你更好。

05

胡杏儿说："我很感谢我的前前任和前任，他们一个教会我怎么做一个听话的女孩，另一个教会我怎么做一个成熟的女人。但我最感谢的是我的现任，因为他教会我怎么做一个小孩。"

理想的爱情大概就是这样了吧，不管你在职场上怎样呼风唤雨，不管你有多独立多能干。只要一回到他身边，你就可以卸下盔甲，做一个安心被人照顾的孩子。

末那的一个朋友分享了她的故事，在没遇到她男朋友之前，每次出门旅行，不管和谁，都是靠她一个人打点计划，特别辛苦，但也没办法，能者多劳。

但是遇到男朋友的一瞬间，她就知道，她不用再逞强了。

"我觉得冥冥之中是有那种一物降一物的规则的，看到他，我就觉得很有安全感。"

06

有一种爱，是为你挡住世上的刀光剑影。

有两种类型的人，一种是坚持给你灌输世事险恶，人心难测，社会上处处是陷阱。

另一种是努力把世界美好的一面展现给你，尽他所能为你遮挡住黑暗。

不要跟让你智商变低的人做朋友，因为他会让你为了合群而变得平庸，告诉你世事艰难，让你为了小世界的安全而放弃出外闯荡。

但要选择一个让你变傻的爱人，因为他一心想为你挡住世上的刀光剑影，希望能保护你善良纯净的心。

在末那看来，好的朋友，好的恋人，是你的保护伞，却不会是你的障碍。

像穿着一双合适而舒适的好鞋，你感觉不到累，犹如光着脚一样，但它却能为你挡住脚下的荆棘，陪你去远方。

相互陪伴的人，
最了解对方的脆弱点，应该学会去保护，
而不是明知他哪最痛还往上面插小刀。

再好的关系，也要懂得分寸感

01

为什么，有的人走着走着就散了？

因为性格？因为喜好？

可能的东西太多，但是有些人一开始跟自己性格相合，喜好也相同，可还是走着走着就散了。

有一部分原因归结于三个字：分寸感。通俗一点讲，就是没数。

分寸感这种事情太难掌握了。有的人无师自通，有的人勤能补拙，但最怕的是无药可救的那一类。

在刚过去的三八“女神节”，Susan 给我讲了一件让她糟心的事。

那天她男朋友带她去了一家格调很高的餐厅，也算是接风洗尘，她刚为男朋友放弃了在家乡的工作，只身一人来到他在的城市。

男生订了一个可以看到海景的靠窗位子，完美的节日气氛，一切都是那么恰到好处。

终于结束了异地恋，Susan 内心既兴奋又忐忑。

就座之后，男生说："这里美吧？在你家那个小地方，是不是从来没去过这么好的地方吃饭？"

这已经不是第一次从男生口中听到他开玩笑说自己是"小地方出来的人"。虽说平日里两人的相处模式就是互相调侃，但唯独这种玩笑 Susan 不能接受。

可男生还是满脸笑意，完全没有顾及 Susan 的感受。

也许在你看来不是过分的事，但偏偏就是别人心里最介意的点。

相互陪伴的人，最了解对方的脆弱点，应该学会去保护，而不是明知他哪最痛还往上面插小刀。

02

无论朋友还是恋人，分寸感真的真的太重要了。可事实上人们又往往不易做到这点。

分寸感是成熟的爱的标志。它懂得遵守人与人之间必要的距离。这个距离意味着对于对方作为独立人格的尊重，包括尊重对方独处的权利。

大概一切想要长久的东西，都必须把握一点分寸感吧。越过了，怕终究是得不偿失的。

人生没有撤销键，如何才能维持长久的感情，维持感情的秘诀就在于这种分寸感。

有个词叫过犹不及。当过了那个界限，尊重没了，这种不对等的关系就变成了一种霸凌。

前几年，末那跟好朋友插科打诨地开玩笑。朋友说：“你要是不答应我的要求，我就把你吃饭时抓拍到的糗照发到朋友圈。”末那以为是玩笑，也没当回事。

不一会儿，我翻看朋友圈，他真的发了，但以为是分组可见，在国外旅游心情正好，就没在意。

过了一会儿再打开朋友圈，竟然看到共同好友在下面点赞，我立马火冒三丈，打越洋电话给朋友，极力压抑住怒火，要求朋友把糗照删了，不然朋友真的难做。

只要是你开的玩笑让别人生气了，你就应该反省道歉，而不是质疑别人为什么这么敏感。

换句话说，幽默感即分寸感，戳到痛处的玩笑从来都不是玩笑。

别人愿意忍让，是因为重视。但我们总不能因为别人这样忍让了，就变得越来越过分吧。

03

熟悉的人不是用来随便对待的，熟悉的人才更应该好好珍惜。

刚刚好，其实才是最难把握的度，我们在与他人交往的过程中，常常因为没有掌控好分寸，而带给对方或自己尴尬且不舒服的感觉。

分寸感是一种处事能力。生活中，那些被夸高情商的人，你仔细观

其实都是能够巧妙掌握好分寸的人。

不一定多么热情，也不是刻意而为，可是他们知道如何说话和

办事才能让别人觉得舒服。

他们总是能够了解别人的敏感点，并知道如何避免触及这些地方。他们没有指手画脚的坏毛病，而是尊重别人的选择。

和这样的人在一起，有一种妥当的、安全的被保护感。

分寸感是个好东西，希望你能驾驭好。

对世界抱有最温暖的善意，
且拥有对抗恶意坚硬的铠甲。

圈子虽小，干净就好

有研究表明，一个人养成经常丢弃对自己来说没有用的东西的习惯，可以提高生活质量。

到了一定年龄，必须扔掉四样东西：

没意义的酒局，不爱你的人，看不起你的亲戚，虚情假意的朋友。

01

扔掉没意义的酒局吧！

电视剧里是这样演的，樊胜美热衷于参加各种上流人士的酒会晚宴，期待能通过这样的场合认识有钱人，改变命运，可实际上她在往上流社会挤的时候处处碰壁受骗。

而不喜社交的安迪，去哪里都有人们想结识的优秀人才。

总觉得多喝顿酒，就能促进人的感情，总觉得多交朋友，也许未来他们会帮得上忙，但实际上他们却是在占用你的资源，浪费你的精力。

人生的路，走得越久你越会发现，无论哪种方式的捷径，都不如靠自己来得踏实。

要知道，人生中大多数的捷径，在开始时都会让你尝到甜头，但它也是加快你衰败的原因。

只有你自己足够优秀，才会吸引同样优秀的人靠近你。

真正有效的交友，是你我各自都有拿得出手的东西，能够在某个领域上互相帮助，有所促进。

与其把希望寄托在别人身上，不如在自己身上下功夫。

现在，谁的时间都很宝贵，减少无效社交，多陪陪家人，毕竟他们不会想从你这里得到什么，最值得你付出时间的就是家人。

02

别在不爱你的人身边徘徊，因为你永远无法叫醒一个装睡的人。

我身边有一对情侣，两人从大学相识到相恋八年，每当女生提到结婚的问题时，男友总是以工作忙、还没做好心理准备为由拖着。

终于，在一次吵架中，女生受够了这种巴结式的关系，提出了分手，男友也没有挽留。

后来，她得知在分开的半年内，他就火速跟另一个女孩求了婚。

遇见一个喜欢的人不容易，但是千万不能让这份喜欢变得廉价。

别拿尊严，去追求一个不爱你的人；别拿时间，去苦等一份不属于你的情。

不能在一道不会的题上面犹豫太久，而失去后面的答题机会，这个问题上学的时候老师就讲过了。

你需要的是和喜欢你的人一起热爱生活，而不是在不喜欢你的人那里看清世界。

03

看不起你的亲戚，就别理了吧。

因为有些亲戚的存在，是为了反证“血浓于水”这四个字。

同行做电影的萌萌，她是学艺术考上的大学。她考大学那年，她叔叔说：“我孩子以后上二本院校，也不学艺术。”

可后来他的孩子也学了艺术，他却说只要孩子喜欢就行。

后来她考上了研究生，亲戚又说：“女孩子读那么多书有什么用，照样不好找工作，学出来就成剩女了，耽误功夫。”

当你需要帮助的时候，他们非但不帮你，还要数落你一顿。

萌萌打算创业，这时亲戚说：“你个小姑娘真能折腾，你以为创业那么简单？好好工作就行了，创业多累啊。”

现在她既是研究生，自己的电影号也做得有声有色，还给了爸妈更好的生活，这时亲戚有了每逢过节必奉承的毛病。

“我就说咱家萌萌肯定行，从小就跟普通孩子不一样，萌萌你混好了可千万别忘了照顾照顾你妹妹呀。”仿佛当年瞧不起她的是别人一样。

“我要感谢他们当年泼的冷水，不知道帮我加了多少斗志。”萌萌这样跟我说。

04

远离那些虚情假意的朋友吧，他们只会给你带来背叛。

末那最初做餐饮的时候，在餐饮界小有名气，一个很久不联系的朋友恰巧也要做餐饮，向我讨教开店的经验。

我很尽心地帮他，并借用自己的关系圈让他在成立之初大获成功。

本想着友好的关系可以继续下去，没想到当他尝到了甜头之后却不一样了。

他第三家分店开业，没有告诉我，但我还是主动送上了贺礼。

后来在同行朋友那里听说，他对外说我做自媒体之后餐厅就没什么大发展了，我也只能笑了一笑。

拥有十个诚实的敌人，好过拥有一个虚伪的朋友。

每个人身边都有可以交心的朋友，因为在虚伪的世界里待久了会生病，最终只能发现自己孤身一人。

太以自我为中心，迟早要出问题。

你功成名就时蜂拥而上的，那都不是真朋友；落寞时拉你一把的，才值得相交一生。

高质量的生活不在于多，而在于精简。有些东西该丢的就丢，该放弃的就放弃。

但是，这四样东西不管何时都必须要有：

扬在脸上的自信，长在心里的善良，融进血液的骨气，刻在生命里的坚强。

它们像是你人生路上的护身符，也许在平静的日子里看不出什么，却总会在不经意间，给你带来好运。

希望我们永远不要丢掉自信，对世界抱有最温暖的善意，且拥有对抗恶意的坚硬铠甲。

善良且强大，温柔且独立。

你不努力却什么都想要，
耽误别人的时间，浪费别人的资源，
这才是真正的不公平。

你不努力，凭什么都想要

01

谁说奇葩只有在《奇葩说》上能看到，我们身边的真奇葩还少吗?

我公司的实习生圆圆跟我说，她有一个奇葩同学，大学四年几乎没怎么学。每到考试的时候，圆圆在复习，她在外面逛街；圆圆在划重点，她在跟朋友唱歌，但是每次考试都能过。

你一定想说，哇，最佩服的就是这种会玩，学习还好的学霸。

但知道真相的末那，顿时心疼圆圆受到的那一万点伤害。

这个奇葩同学，每次出去玩之前都会对她说，“你好好看书啊，到时候给我抄抄”“那么多我也复习不完，考试就全靠你了”。

最可气的是，圆圆学习累了刷朋友圈想放松一下，却看到她在晒今天去哪玩、去哪吃，到头来自己还得把学到的知识一点点整理出来给她看，简直就是保姆。

找工作的时候，连笔试都是圆圆一个字一个字地远程指导。

在圆圆的努力下，她终于通过了笔试，幸运的是，倒在了面试上。

圆圆说：“我不介意帮她，但我想不通的是，凭什么她什么都不想做，却想得到一个好的结果。”

这个社会大家都爱讲公平，末那觉得能拥有同样的二十四小时，呼吸同样的空气，就已经很公平了。

你不努力却什么都想要，耽误别人的时间，浪费别人的资源，这才是真正的不公平。

02

贪心这件事，是不分高低贵贱的，只要脸皮厚，“铁棒磨成针”。

在一次公司聚会上，客户公司来了两个年轻姑娘，姑娘A着装得体，很精致的白领装扮，另一位姑娘B从穿着到言谈举止都显得缺乏专业培训，大家都以为B是A的助理。

在聚会期间交谈很愉快，A侃侃而谈，表达出了对我们充分的了解和欣赏，同时专业知识过硬，B全程插不上话，只是附和。

让我们意想不到的是，A提出合作后希望由B来负责对接项目，这个提议当即被我叫停，A答应亲自负责后，我才同意。

后来见到A，我问她助理怎么没来，她愣了一下说：“我没有助理啊，你是说B吧，她辞职了，嫌我没有把你们的业务让给她。”

我惊诧地问道：“一直是你和我们联系的，凭什么让给她，而且论专业能力论关系，都轮不到她啊。”

A 说："其实 B 是我的一个朋友，我看她经常跳槽，就想让她来我们公司，我帮帮她，没想到，她什么都不会，也什么都不想学，只想让我把谈好的客户分给她几个，每个月多赚钱。前三个月我已经让给她很多了，她的工资比我都高，她很开心，也很满意。这个月因为她的不专业，客户丢了好几个，最后发工资时，工资比我少，她就不开心地辞职了，说我没帮她，朋友都没得做了。"

听到这里，我都有点不相信自己的耳朵了。我们都觉得不努力的人，可能是那种随遇而安、知足常乐的人，不用得到多少，够吃够喝就好。

后来末那发现自己错了，这是我们对不努力的人最大的误解。

即使他们不努力，也丝毫不影响他们的贪心。

03

为什么不努力也可以得到的东西，有些人还在孜孜不倦地奋斗着？

因为努力的人，有危机感和饥饿感。

那些日日夜夜挤出所有时间用来努力的人，眼里只能看到那些比自己优秀、好看又有钱的人也在拼命努力。

有句话说得好，十年前，你周围的人会根据你父母的收入对待你。

十年后，你周围的人会根据你的收入对待你的父母和孩子，这就是努力的意义所在。

不努力的人一事无成，还总想坐享其成。

但努力的人没时间考虑这事到底值不值，只考虑自己做得好不好。

04

真正努力的人从来没觉得自己是在努力，而是把它当作最基本的生活状态。

前几天公司高管小花很低调地晒了一个自己婚礼的行程表，从准备去国外旅拍到婚礼当天，行程的时间表列得十分详细。

然后，末那就看到小花的准老公在下面评论，“亲爱的，咱们是去结婚，平时你按军训一样也就算了，结婚能轻松点吗？”

“不行，请严格按照我的标准来，同志。”小花在下面义正辞严地回复道。

末那一直称小花为小马达，因为她真的就像马达一样一旦开启了就停不下来，好像永远都不觉得累。

工作上大小事都处理得妥妥当当，加班到十点后还能去健身房运动一小时再回去睡觉。她的状态永远都是精神饱满的。

很多人说：“你一个女孩子，事业现在这样已经很好了，为什么还要这么拼呢？”

小花笑答：“因为我不觉得我很努力啊，这就是我的常态，习惯了。如果有一天我停下来了，我会觉得焦虑，没有安全感。”

05

十年很长，只要敢付出，什么都有可能会改变。

一辈子很短，整日混吃等死，可能一件事也做不好。

真正的幸福感，是经历过无数努力才能真正踏实地体会与拥有的。

我之所以幸福，是因为我从未停止努力。

运动过后发觉白开水也很甘甜，工作完一天才觉得家里的床格外柔软舒适，跋山涉水看到的美景总比在观光车上看到的要更震撼。

末那觉得人活着需要一种使命感，为了更幸福的使命感。

在这种使命感里我们没有时间去埋怨、消解、破坏。

你要是没认真地努力过，就别抱怨自己一无所有了。

末那大叔想送给正在努力的你一句话："你我皆是同路人，但行好事，莫问前程。"

Virgin

总有一天你会发现，
关系和距离远近与联系频率无关。

最好的关系不是随叫随到

01

有些关系相处起来很累，大多是因为被刻意冠上了许多规则。

你如果在意我，就会秒回我的信息；你如果在意我，手机就不会关机。

这些边缘性的准则，会让你在一段关系里战战兢兢，如履薄冰。

随着年龄经历的增长，越来越觉得，长久舒适的关系靠的不是压迫、捆绑、一味的付出，以及道德式的自我感动，而是共性和吸引。

我看到了有趣的东西，就一股脑儿地发给你，不用组织好精简的语言，啰里啰唆也不怕有哪句话说错。

我不会因为你没有回复而胡乱猜忌，你也不会因为没有及时回复而感到抱歉，彼此信任，彼此牵挂就够了。

我很忙，有多忙呢？忙到有时候黑白是颠倒的，忙到连吃饭都会忘记。

我有许多朋友，更有许多是很久没联系过的。

前些年我出差去国外时，赶上那个国家的狂欢节，整个街道全是喝得醉醺醺的人，地铁口的人也很多。

在进地铁的时候，我的手包被人偷走了；又恰逢我订的酒店非常严谨，必须出示护照才可以入住。没办法，我给在那个国家的一个老朋友发了条信息。

随行的助理问我："杨总，你们多久没联系了，他会帮你吗？"

我笑笑说："你等着吧！"

没多久他就回信了，让我在那等着，他来接我还嚷嚷着："你来，怎么不跟我说！"

在他的帮助下，我住在了他的家里，并且很快拿到了补办的临时护照。

最好的关系是我们不用每天刻意保持联系来维护感情，因为我们知道有一个人一直都在，当你遇到麻烦，打个电话他就会来。

最好的关系是好多年没有见面，有一天我来见你，你对我特别特别好，还是我旧时的好友，我们一直没见面，却像一直在身边一样。

02

写这篇文章时，我问了我的助理，我说你有没有一个身在远方，却令你牵挂至极的朋友。

她说："有啊，她在阿根廷，从小和我一起长大。"

我说："那么远啊，那你们一定有时差。"

她说："十一个小时，只有偶尔能碰上，平时没什么时间视频，但是只要一视频，就是好几个小时。我基本上每隔半年就会问她一句，'你什么时候能回来，我想你了'。她的回答也总是模棱两可的，我说没关系，如果你回不来，我就去阿根廷找你玩。认真地讲，她很幼稚，还会特意截图到朋友圈，秀一下我们之间的'恩爱'。"

总有一天你会发现，关系和距离远近与联系频率无关。

有些人即使天天在你身边，却像隔着太平洋；而有些人虽然隔着太平洋，却像时时刻刻在你身边一样，你们的人生不会因为距离而没有交集。

年纪越大，交友的洁癖越严重。曾经什么样的人都来者不拒，在一起无非就是吃吃喝喝，一起吹牛。

等往后才发现，真正能称得上"朋友"的人不必很多。你们可以分享自己的真实状况，你落寞，他不嫌弃；你成功，他不嫉妒。

人生三五知己，足矣。

03

我们看到过很多文章，说对待最爱的人，他们都是彼此最特殊的，手机通信录里的备注是特殊的，微信聊天是置顶的。

他们规定，不管多忙，也要互相说早安、晚安。

于是有一天，女生因为公司聚餐，很晚都没有回复男生"晚安"，男生因为担心，不停地打电话催她回家。

一次，两次，三次。他们没有因为互道晚安而更加亲密，反而因为这句话而有所疏离。

刻意的不一定是最好的，最自然的关系或许是，我想你了，跟你说早安，晚上洗漱过后躺在床上想起了你，跟你说一声晚安。

我爱你，但会让你做自己，这大概才是成年人恋爱保持长久新鲜感最重要的一点吧！

前些天一个朋友跟我说了她要结婚的消息，问我要不要来，我刚要回复，恰巧被一个电话打断了，再加上事很多转头就忘了这回事。

等我再想起这回事，已经是第二天的晚上了，正准备回复，却看到对方已经回复我了，她说："不想来………也没关系。"

那一刻，我有种无力感，其实，我本来想回的是："你的婚礼，必须来啊！"

说实话，成年人的生活没有谁是容易的。

每个人都很忙，每个人都有许多没接的电话、没见的面、没来得及回复的消息。

希望我们都能理解，没有及时回复，不是因为感情不在了，而是真的有特殊情况，再见面，我们还是最好的朋友。

末那觉得在每段关系中，只要找到令彼此舒适的姿势，那样就是最好的。

和有共同目标的朋友，你们可能一天有说不完的话；和一起长大的发小，你们可能躺在沙发上各自玩手机不说话也不尴尬；和无话不谈的闺密，你们可能乐于分享最私密的故事与八卦。

爱情的话，你可能是某人做过的一场梦，可能是另一个人下半生掌心的余温；可能是谁不远不近的陌生人，是谁心头永远的刺；也可能是你在看韩剧，我在看手机，但我们靠在一起。

每种都是最好的关系状态，对双方来说，你们亲自决定的结局，就是最适合你们的关系。

决定一个人成功的不是能力，
而是他的格局。

一个人是从什么时候开始走上坡路的？

01

我想你们一定遇见过这种人，自己从来不吃亏，却总爱占别人的便宜。

自作聪明，实则损失太多。

前些年一个远在成都的朋友做生意，我给他介绍了不少客户，这些客户大多都是我生意上的伙伴。

后来没多久，他们其中一个人和我说，你那个朋友劝我从你这撤资，把钱转投到他的企业。我知道此事后并没有和他挑明。

一年后，他因为一笔贷款拿不下来，向我借钱做桥资金，我在电话里就回绝了。

凡事如此，谁都不傻，所有的便宜都只能占一次。

被坑的人，虽然嘴上不说，但行动上自然会主动远离。

得与失之间，只是一个人心的距离。

马德的《一个父亲的箴言》里，有这样一段话：

“一个人要赢得另一个人很容易，那就是学会吃亏。这个世界上没有喜欢爱占便宜的人，但所有人都喜欢爱吃亏的人。你想着吃亏的时候，就会赢得别人。”

之前有家企业和末那合作一次活动，当时整个活动策划，包括广告都已经准备妥当，还差执行之后结尾款。

但由于该企业的一些内部问题，临时放弃了这次活动，可我还是照约定收到了尾款。

我得知情况后，立马和那边的负责人联系，我说因为这种特殊情况，我们没有具体执行，只出了文字而已，你只付百分之七十就行。

对方坚决给否定了，他说这是公司的问题，跟你们出的方案没有任何关系，原则问题，应该按照合同付款。

从那往后，我们成了朋友，因为合作总是很顺利，无须提防对方用什么行业手段，只要提起这家公司的名字，总能让我有种很省心的感觉，所以合作和往来自然也变得多了起来。

人与人之间，厚道是最好的回报。你不让我吃亏，我自然也不愿让你吃亏。

02

李嘉诚曾说：“七分合理，八分也可以，那我只拿六分。”

安东尼·罗宾谈起华人首富李嘉诚时说：“他有很多的哲学我非常

喜欢。”

有一次，有人问李泽楷，父亲教了他一些怎样成功赚钱的秘诀。

李泽楷说关于赚钱的方法，父亲什么也没有教，只教了他做人处世的道理。

李嘉诚这样跟李泽楷说，假如他和别人合作，假如他拿七分合理，八分也可以，那李家拿六分就可以了。也就是说，他让别人多赚二分。所以每个人都知道，和李嘉诚合作会赚到便宜，因此有更多的人愿意和他合作。

我们最喜欢哪种人？就是有数的人，不用别人说，做事自有分寸。

兄弟合伙做生意，绝不少你一分钱。

托别人买东西，主动问多少钱，把钱给别人转过去。

借了钱，提前把钱还清。

吃饭轮流买单。

工作上，一个员工创造了效益，老板主动提涨薪，得到鼓励的员工自然不愿辜负这份厚望，更加拼命。

每个人心里都有一杆秤，一面是钱，一面是感情。

一旦这杆秤歪斜，面上虽不说，心中自然有所计较。

所以，不让别人吃亏的人，才是聪明人。

计较的人很难成大事。

03

凭什么你这个月拿得比我多？

凭什么让我出差？我家里有事，我不想去，谁爱去谁去。

刚才打车一共花了十元，你们每个人给我三元三角就行。

职场上，那个工作最努力、加班最多的人不是傻，而是他在用付出挣得欣赏和信任。

朋友之间，总是抢着买单的人，不是因为钱多，而是他明白情义大过一切。

所以，机会总是握在这样的人手里，你说他是幸运，其实一切幸运都有迹可循。

没有谁会平白无故地帮你，一定是从你身上看到了可取之处。

因为这世上，懂得回报，明白有来有往的人要远远比只图一时之利的人多。

有两句话我很喜欢，一句是难得糊涂，另一句是吃亏是福。

你以为是舍，其实是在得。

怕吃亏的人会永远吃亏，不怕吃亏的人永远都不会吃亏。

在这个世界上，决定一个人成功的不是能力，而是他的格局。

有些事发到朋友圈，就彻底无法挽回了。

能安慰你的人，从来不在朋友圈。

不要总把自己的情绪发到朋友圈里。前几天末那亲眼见证了一对情侣关系的崩塌。本来不过是小事吵架，却因为女生一时生气，把事情发到了朋友圈里，一下子场面混乱，热议纷纷，最后两方都下不来台，再也没有回旋的余地，只能分开。

本来是几个人的事，就由几个人来解决，正所谓“大事化小，小事化了”，切莫把场面搞大，越扩大越难以控制，最后骑虎难下的还是自己。更何况，人与人之间的悲喜并不相通。

你的伤心可能淹没于众人的欢声笑语之中；你的喜悦可能刺激着另一人的悲痛；你引以为豪的成就可能在别人眼里微不足道；你撕心裂肺的苦楚，也未必能有人理解体谅，更无人能代你承受。不管好坏，发不发朋友圈，自己的经历，对别人来说，不过是一段不甚相关的小插曲，但却可能毁了你的幸福。

末那看《奇葩说》的时候，有一期的辩题是“朋友圈该不该屏蔽父母？”有位辩手是这么比喻朋友圈的：“朋友圈就像是日记，记录着每天的点点滴滴、心情感想，你会把日记给父母看吗？”马上就有对方辩手回击：“如果说朋友圈是日记，难道你会把日记给朋友看吗？”

我们跟朋友圈里的朋友关系真的有那么亲近吗？亲近到可以跟他们分享自己的所有生活？就正如虽然我们有很多朋友，却只会跟几个人去说心事一样，就算有了朋友圈，人与人之间的安全距离也不会被打破，表面看起来亲近和谐，私底下却默默分了组，区别对待。不想让你知道的事情，你还是永远都不会知道。不想知道你的生活的人，也可以选择看不见。真实的朋友圈永远存在一条线，隔绝外人，保护自己。

曾经的圈子人也少，却总有人在默默关心着，你若突然反常写了点小情绪，不出几分钟，便有人顺着消息过来找你问怎么回事。而如今，你那短短的几行字丢进朋友圈里，怕是不出几分钟就湮没在广告海里不见踪迹了。

有人在朋友圈里秀恩爱，就有人觉得必然是晒；有人在朋友圈里出轨，就有人围观得津津有味；有人在朋友圈里抱怨，就有人认为这是玻璃心；有人在朋友圈里悲伤不已，就有人随手加一个“拥抱”的表情或者用手指划过，直接看下一条。

廉价的点赞与虚伪的感动之间有什么区别？有时社交媒体让生活里的烦恼和愁苦变成他人眼里的热闹。你会突然发现，真正能撑起你有用社交的基础单元，还是那些生活中真正亲近的朋友、真实的人。能安慰你的人，从来不在朋友圈。

以前的我是花一晚上刷朋友圈，看了几十个人的小故事，现在的我是花一晚上听一个人聊了十几件事。末那越来越觉得，花半小时编辑出来的微信朋友圈，那十几二十几个点赞，真的越来越不如在线下和一个人你来我往、自由畅谈来得酣畅淋漓。

优秀的人不会常在朋友圈晒心情，没什么事情值得炫耀。太忙的人也不总在朋友圈发泄情绪，没时间多愁善感。相爱的人不活在朋友圈，因为最爱的人就在身边。交友过热，反而生厌；交友真挚，才最珍贵。

当智商和情商双高时，
颜值顶多是个赠品。

什么是会说话的男人？这是最好的答案

很多人一提起“情商”这个词，第一时间就会想到黄渤。

黄渤是出了名的会做人，他很会说话，而且十分懂得照顾其他人的情绪。

前段时间我和黄渤进行了一场专访，就真的体会到了这一点。见面之后，我们先是聊了聊电影上映的看法，还有一些拍摄背后的故事。

《一出好戏》首映那天，我们回青岛，我有幸作为首映礼嘉宾和渤哥同台，几场活动下来，只要他在场，气氛总是很融洽。

丝毫没有距离感，处处温柔待人，说话滴水不漏，这就是黄渤给我们的感受。

想起之前黄渤在《星空演讲》里，来了一段脱口秀，他描述在机场被粉丝误认成王宝强后如何机智化解尴尬。

他说，跟粉丝聊了十多分钟，才知道对方把自己当成了王宝强。临走前，对方还问他要签名。

他想啊，不能让别人尴尬，自己也不能尴尬。那算了，就签宝强的名字吧。然后对方欢天喜地就走了。

什么是高情商？这就是。

说起来，我们都是青岛人，这些年一直关注他的发展，从龙套到影帝。

黄渤让人佩服的除了努力和演技，还有扎实的幽默功底和高情商。

他在金马奖上颁奖，郑裕玲拿黄渤开玩笑，说他穿得没有梁朝伟、刘德华、成龙那般隆重，像睡衣。

黄渤笑眯眯地说："因为他们是客人嘛，一定要穿得隆重点，这五年我一直在金马奖，我已经把金马奖当成家一样了，回到家里穿什么？回到家要穿舒服一点。"

他总能在大场面和记者围攻下不露怯，回答滴水不漏，会说话！

幽默就是一个男人最高级的性感，谁会拒绝一个幽默的人呢？

看过《101 次求婚》的人都知道，那是林志玲与黄渤的第一次合作，这对搭档一开始让人不解，但是看过之后才会理解其中的和谐。

林志玲与黄渤的好交情现在人人皆知，早在《康熙来了》林志玲就公开说过："他是我的闺密。"

后来在《极限挑战》中两人再次同框，在节目最后，林志玲扮演的"酸菜"披上白纱，走入结婚礼堂的时候，一旁的黄渤没有按照台本走，直接说了一段发自肺腑、引人落泪的话：

"希望有一天，能够看到你脸上露出真正的笑容，无论你的选择与否，我都真诚祝福你，希望你一生幸福。”

惹得林志玲瞬间哭红了眼。

“希望找到一个了解我、体谅我的另一半，高矮和外貌都不在我的考虑范围内，我会选择可以带给我爱情、以诚相待的那个人。”

她说我会按照黄渤的标准去找，一样的性格、一样的星座，等我丑了，还愿意陪我。

女人的心思和回答永远感性，是被一次次融化过后的脱口而出。

黄渤的高情商是有目共睹的，他也是鲜少综艺影视做得都非常好的演员。

他不攀权贵，不管红不红，在节目组很会照顾人，他都只想做好自己的本分。

就像他说的那句话一样：“你该红的时候就一定会红，只是时候未到。”

PART 5【解忧】

最好的爱情就是互相成全

·末那大叔·

第五封信
愿你被这个世界温柔以待

前段时间在外出差，见了个老友，他突然说起当年的事，关于错过了一个合适的人。

他沉默片刻，然后问我："末那，你有什么遗憾吗？"

"我啊，遗憾……有啊。"

每个人经历的一生，都不会只有一个遗憾，会有无数个遗憾，这些遗憾交汇在一起，也就变成了我们的忧愁。

当我们知道我们这辈子会有很多遗憾的时候，我们就需要做一件很大的事情，就是让遗憾变得更少。

比如说我，在我母亲去世以后，我对她是有遗憾的，因为我不能陪她到老了，她也没法看到儿子长大后过得好不好。

人这一辈子，你想少一点遗憾，你就少犯错，少做那些对不起别人、对不起自己的事情。

其实这些年来，我听过很多人倾诉自己的遗憾与忧愁，于是我想要变成一个能治愈别人的人，变成一个让遗憾少一点的人。

写东西对于我来说很重要的一点，就是通过那些有温度的文字，拯救了一些人，或者改变了一些人。

公众号后台的消息数以千计，但是我基本都会看会回，因为里面包含了他们的所有烦恼与忧虑。

很可能我的一句话，就能影响他做出某个决定，从而改变他一生的轨迹。

以前看《海上钢琴师》，里面有一句话：只要你有一个好故事和一个可以倾诉的人，你就永远不会完蛋。

我觉得所有的陌生人，从关注我那天开始就认识了，人与人相遇的概率非常低，所以说我的读者能遇到我，我能遇到你们，你我之间就已经有关联了。

就像你今天在看我的书，这得有多大的缘分，你才能听我给你讲这段话。

所以遇见这件事，你我之间没有遗憾。

对很多人而言，末那大叔就是一个情感树洞，也是自己灵魂停泊的港湾。人与人之间，因为一份倾诉，还有一份倾听，就变得如此亲密温暖。

以前看《解忧杂货铺》的时候，被浪矢爷爷的一句话深深打动：

“写信的人，内心都破了个洞，重要的东西正在从那个破洞中逐渐消失。所以，人的心声是绝对不能无视的。”

我要做的，就是去安抚这些没有被现实温柔以待的人。让受过挫折的人不再流泪，让前途迷茫的人重拾信心。

可能在很多时候，我们会感到孤独无助，想要找人倾诉，却又说不出一个所以然。

到后来分享一首歌，发一条朋友圈，却也不知道谁能理解自己。

这时候要是有一个人愿意陪着自己说话该多好啊，就像在大海里找到了一个小岛，可以栖息，可以护你周全。

我理解这种感受，所以无论是开心的也好，烦恼的也罢，我都会一一倾听。

只愿你们被这个世界温柔以待，而我，也会努力地做你们的解忧铺。

三观可能不会让你爱上一个人，
但会让你放弃一个人。

珍惜眼前人，心中无黄昏

别要什么更好的人，好好珍惜眼前的人。

二〇一八年除夕夜，有十亿人听了王菲和那英的《岁月》，未那不知道有多少人真的听懂了……

王菲唱到这句歌词，“我心中亮着一盏灯，你是让我看透天地那个人”，很多人以为写的是爱情。

当合唱“我心中开着一扇门，一直等待永远青春的归人”，恍然明白“你”指的不是爱人，是岁月。

二十年前《相约一九九八》，二十年后《岁月》，岁月还是在她们心里留下了痕迹。

不然即使写出“生活是个复杂的剧本”，也写不出“不改变我们生命的单纯”。

二十岁时，我们轻视岁月，浑身上下最值钱的是时间，最不珍惜的也是时间。

二十岁的人讨厌过年，涉世未深。

看着饭桌上这群三十岁，四十岁，五十、六十、七十、八十岁的人们，已经出现在自己生命中二十年，有点麻木了。

那时还不知道一年中人间最美的烟火气都在这一天。

三十岁时，岁月是个神偷，偷走了你的一些梦想、一些骄傲、一些感情，你发现世界不像过年一样，一桌人都围着你转。

三十岁的人，开始珍惜过年，这一天，是一年中最有安全感的一天。

工作不会找你，业绩不会压你，老板不会骂你，身边的人跟你干杯，说的都是让你注意身体。

四十岁时，岁月开始不讲道理。

当年陪你一起过年的人，看着他们一个一个离开，你有点担心下一次过年又要和谁说再见。

四十不惑，不会放声哭，不会做极端的事。

会悄悄给自己在心里留一盏灯，让每个出现在生命中的人，在心里路过时，看到自己。

这首歌是王菲和那英一起写的词，姐妹俩词里没有一点悲伤，没有刻意煽情。

只用“云很淡，风很轻，任星辰浮浮沉沉”十三个字，一笔带过这喧闹的二十年，这份克制，难得。

在台上，两人没有走音，穿着二十年前同样尺寸的纱裙，手拉手，完成了春晚十亿观众内心戏最足的五分钟。

下台后，王菲跟那英撒娇：“哼，你刚都不看我。”那英说：“我忘记啦。”让你有一种窦靖童跟周冬雨对话的错觉。

从《相约一九九八》，到二〇一八，一晃二十年。记忆仿若快进的幻灯片，千语万言就在一个眼神。

关于岁月，每个人都有很多困惑。

王菲、那英老了吗？

别问。

人老看心不看脸，看脸日出近黄昏。

曾经爱过的人现在怎么样了？

别问。

你该问，现在爱你的那个人怎么样了？

为什么岁月会夺去我们的挚爱？

别问。

火柴发光大概是五秒，蜡烛烧完是一整夜，灯泡的话，能发光一年。

可有些人是恒星，即使有一天你远到我看不见。

你留下的温柔爱意，你给过的真心，都会在我头顶，供我取暖和赶路，我只要一抬头，就看见了。

当你再去听这首两人最后一段合唱的歌词：

且听岁月像旋律永恒

一直陪伴不断聚散的旅程

我心中开着一扇门

一直等待永远青春的归人

如果有没说完的话，那就是，珍惜眼前人，心中无黄昏。有些人坐飞机就能见到，有些人要坐时光机才可以见到。你，想去见谁呢？

这个世界，女人和男人从来都不是敌对的，
而是相互依存的关系。

想要长久的爱情，做到这一点就够了

01

冷掉的美食不再暖胃，当爱情失去温度的时候，也不再暖心。

一个叫小雅的女孩微博发私信问末那：才结婚一年多，为什么感觉爱情已经变冷了呢?

原来上个月，小雅得了重感冒，高烧到连床都起不来。

恰巧老公的发小从国外回来，多年不见的朋友约好聚聚，老公要她一起出席。

小雅很为难地说：“我头晕得厉害，这次就不去了。”她万万没想到，老公接下来说：“你可真会挑时候生病！”

听了这话，小雅身体滚烫，心里却冷得像冰。

老公自己去赴宴，小雅在家里想喝水都没人帮忙倒，午饭也没吃。

到了下午，她实在是太难受了，给老公打了个电话，希望他早点回家送自己去医院。

电话里传来了觥筹交错的嘈杂，伴随着老公不耐烦的声音："家里有退烧药，你先吃着，我走不开！"

这是小雅第一次觉得，老公并没有想象中那么爱自己。

02

不光是小雅，我遇到过许多结婚十几年甚至更长时间的朋友，都对婚姻表示不同程度的失望。

你知道吗？爱的反面不是仇恨，而是漠不关心。

有人说："回到家，我打游戏，她看手机，各看各的，一个晚上都说不了几句话。"

有人说："孩子生病了，他张口就问你是怎么带的！"

还有人说："隔几天就得为了鸡毛蒜皮的小事争吵，心累。"

爱情的热度会随着时间逐渐消解。

也许热恋的激情过后，很多问题才渐渐暴露。

你会发现对方开始有了恋爱时不曾出现的问题，觉得忍受不了。

细数这些相处的细节，就一点都不奇怪为什么爱情会发生这样的变化：

你越来越懒得和我沟通，我越来越懈怠为你考虑。

更有甚者，用暴力解决家庭问题，让对方受到身体和心理的双重重创。

其实，婚姻中的两个人都意识到了问题所在，只是总听到身边长辈朋友劝说："天下哪有不吵架的夫妻？夫妻之间哪有隔夜仇？"

于是，都麻木地任由感情变得越来越冷漠。

03

我们都懂得"劝和不劝分"的道理。

即使是外人看来再勉强的婚姻，也几乎不会有人说："离婚吧！"

婚姻如饮水，冷暖自知。

曾经，一个姑娘爱上了一个花花公子，那个男孩子伤透了她的心，可她还是不舍得放手。

末那想不通，都到这种程度了，为什么还不离开？

姑娘说："我知道他有很多缺点，但是我忘不了他对我的好。"

我们总会对对方曾经有过的那一点点温暖、那些令自己感动的事情念念不忘。

比如说，求婚的时候花了多少心思，彼此为对方制造了多少美好的回忆等。

可末那不是这么想的。

判断一个人能不能经营好爱情，或是两个人的感情会不会持久，不是看热恋期对方做了什么，而是当两个人发生矛盾的时候，对方是什么态度。

04

末那很喜欢那个大家都熟稔的故事：夫妻争吵，盛怒之下的妻子摔门而去。深夜街头，她衣着单薄，在寒风中瑟瑟发抖。突然，她感觉背后一暖。原来是丈夫追了出来，把自己的外套披在了她的身上。丈夫轻轻擦干了她的泪痕，温柔地说："我们回家吧。"

暖心的人总是让人不由自主地感动和欢心，长久婚姻中的主角总是两个窝心的人。

末那认为，婚姻或许是激情的坟墓，但绝不是爱情的坟墓。

进入婚姻中，为对方改变一些习惯，适度妥协，适当地减损一些张扬的个性，激情会转变为更加深刻隽永的感情。

05

有很多人会顺水推舟地想，那不如把这些问题都交给时间吧，时间会让彼此学会理解和包容。

但是没有彼此的努力，仅凭时间又怎么能行?

前不久末那看过一条新闻，说是日本有一对夫妻，因为丈夫怪妻子把大部分精力都放在了孩子身上，竟然二十三年没有和妻子说过一句话。

如果还爱着，一定不会如此固执，连一次彼此交流想法的机会都不给。

无论有多么冠冕堂皇的理由，也不能被理所当然地理解。

爱情就是如此娇贵，经营是它赖以生存的养分。

没有被关心，没有被疼爱，甚至产生了绝望和被遗弃的感觉，爱情就轻而易举地冷掉了。

已经冰冷的爱情，再怎么努力，也很难构成让你再度产生希望的理由。

它终会成为你人生中最大的鸡肋：看起来一切都好，实则一无所有。

经营爱情，让彼此互相适应的过程就像蚌与沙砾之间的磨合，要经历过痛苦，才能获得耀眼的珍珠。

蚌分泌的黏液腐蚀沙粒，沙砾摩擦着蚌的嫩肉，如果沙砾肯为蚌磨去一点棱角，蚌肯为沙砾锤炼自己的皮肉，磨合的过程就会变得容易一些吧。

好的爱情让两个人变得更好，但前提是两个人要一起努力，一起成长。

06

和你看的韩剧完全不一样，现实中的恋爱男女主角并没有那么完美。

我们有缺点，也允许婚姻带有瑕疵。

你可以没有钱，但你至少愿意为了爱人努力；

你可以很忙，但你至少愿意抽时间为了爱人付出关心；

你可以是胖胖的，但你至少愿意成为温柔守护在爱人身边的大白；

你可以有无数的不好，但你至少要让爱人的心里感到温暖。

如此一来，你们的爱情也会是温暖的。

这个世界，女人和男人从来都不是敌对的，而是相互依存的关系。

或许会有争吵，而争吵就像爱情中的鼻塞。

偶尔的距离让爱情成为一条暂时离开水面张口换气的鱼。

但是不要让鱼儿离开水太久，因为我们彼此都知道：你所珍视的我和我所珍视的你，只需一句“我还在乎你”就能温暖一段爱情。

爱情是相互的，愿你做个温暖又知心的爱人，也愿你找到那个同你一样温暖又知心的人。一同成长，彼此相爱。

真正厉害的男人，
在外面闯荡，而不是在家里傲慢。

从对待女人的方式，看一个男人的质感

01

有一句话说出了很多人的心声：“越有本事的男人越没脾气，因为素质、修为、眼界、学识、能力、财力会综合成为一个人的品格。”

前两天，我路过十年前住过的地方，看到了曾经熟悉的一对夫妻正在吵架，这一幕似曾相识。

当年这个男人就经常打骂老婆、孩子，吵得整个社区都能听见。而十年后的今天，这样的场面依然在发生。末那想起那句话：“男人的脾气决定了家庭的命运。”

很明显，越没本事的男人脾气越大，因为他在外面赢得不了尊重，就将脾气给了不得不面对他的女人、无条件顺从他的孩子，甚至是迁就他的双亲。

弱者总是习惯用咆哮和嘶吼来证明自己，而强者向来懂得克制和隐

忍，他们会寻找方法避开一切冲突，尤其是在爱的人面前，向来只有温暖和煦的一面。

02

真正厉害的男人，在外面闯荡，而不是在家里傲慢。

之前去上海拜访过一位我的老师，他是那种不管在什么场合，不管面对的是谁，都绝不会服软的人。所以在圈子里，别人都称他为“铁手腕”。

那天去老师家里，他留下我吃饭，拿出了他珍藏多年的茅台，却没想到老师的妻子很不给面子地坐在一旁，像个小女孩一样嘟囔着：“你怎么又喝酒！身体不好就不能不喝酒吗？”

其实，我感觉这种爱的唠叨很温暖，但怕教授感觉没面子，所以我不好发表意见。

却没想到这位在学生面前以“铁手腕”著称的男人竟然丝毫不在意外人前的面子，举起双手说：“好了好了，我错了，我不喝了。”还伸过手去抱了抱妻子。

因为他平时都是一脸严肃，所以我实在没法把眼前这个语气里带点赖皮的小老头和我印象中的那位老师对上号。

他回过头再面对我的时候，也十分自然，丝毫没有觉得丢人，反而说：“女人嘛！生气的时候认个错，什么事都没有！”那一刻，我突然感觉到一个成熟男人应该有的质感，就是这样的。

03

张小娴有一句话是这么形容爱情的：“爱情本来并不复杂，来来去去不过三个字，不是我爱你，我恨你，便是算了吧，对不起。”

“算了吧”意味着让一切烟消云散，爱的最高境界就是能够为了你，轻而易举说出最走心的“对不起”。

电影《甜蜜蜜》里，让人印象最深的是，张曼玉演的李翘在按摩院工作，第一次遇到曾志伟饰演的豹哥时，豹哥问她：“你不怕我吗？”

李翘答：“我什么都不怕，就怕老鼠。”

过了一段时间，豹哥再去按摩的时候，对她说：“今天我带了个朋友来。”

他把衣服脱了，就看见他在满背的文身中间文了一只卡通版的米老鼠，只为博她一笑。

爱是唯一一件毫无道理可讲又毫无身份可言的事情，不论他是社会大哥，还是有一定地位的大学教师，只要他喜欢你，对于他而言，哄你开心就是全世界最重要的事。如果他事事与你计较，随便对你发脾气，那只能说明他爱的是自己而不是你。

喜欢才会放肆，而爱是克制。

所以，当女人退一步的时候，男人就要进两步，去抱紧她，感谢她。

一个懂得爱的人，是不会和自己身后支持他的人争输赢的。因为他一定知道，能让他伤了的，一定是不设防的真心。

“真正爱你的人，会故意输给你。如果赢了会让你开心，那我选择输。我不在乎输赢，我只想要看到你微笑的脸。”

W

挣钱的人只需要考虑自己，
花钱的人却要考虑整个家。

找一个会花钱的女朋友有多舒服

01

网上有人调侃，每个月工资八千元，加上老婆的，一共有三千元。

可是大家都忽视了一个问题——赚钱难，花钱更难。

而且，就连马云也曾在一次演讲中说过“花钱比挣钱要难”。

花钱有什么难的？

这么问的，一定是男人。

02

前几天网上突然兴起一个活动，让男朋友辨认自己的口红色号。

顿时一片人仰马翻，第二天的新闻标题就变成了“能分清口红色号的直男根本不存在”。

可对女性来说，分辨口红色号只是初级阶段。生活里有太多比口红还难辨认的东西。

其实，作为一个男人，有时候觉得女人也挺不容易的，虽然男人赚钱、女人花钱是千年不变的大道理，但女人光是花钱有时候也不容易。

比如，网站上有十个配图一模一样的大衣，如何快速地挑选出正品？如何能扫一眼洗面奶、面霜、洗发露的成分表，就可以找到最适合自己的那一款？如何掌握最好的时机，抢到折扣最多的化妆品？如何通过无数打折的宣传广告，找到真正在打折的商品？

如果让一个男人每天对比着京东、淘宝的优惠折扣，逛十家店辨认出最物美价廉的一家，一个月去商场十次确认最优惠的季节，怕是比分辨几十个口红色号还要茫然。

所以，大多数女性的自带天赋——花钱，并不是一件那么简单的事情。

03

花钱难，难的是如何把钱花好。

同样的钱，男人可能越花越没钱，女人却会越花越“有钱”。

一部分男人口袋里揣着钱总想要买烟、买酒、请哥们儿吃饭，出得比进得快，还没到月底，摸摸钱包，已经空空如也，可怎么也想不起来自己究竟买了些什么。

吃吃喝喝，只是满足了片刻的快感，属于消费的范畴。

但还有一些花销，属于投资的范畴。

我见过一些姑娘，每天都穿着八厘米的高跟鞋，化着精致的妆容，即使婚后也很少懈怠。

每当赚到一笔钱，她们首先考虑的是如何更好地使用这笔钱，而不是为了满足一时的消费欲望立刻花掉它。

她们有的去学摄影、吉他，成了内外兼修的文艺青年。有的去学跳舞、瑜伽，身材好得像十八岁的少女。有的花费在厨艺的提升和儿女的教育上。教育、生活品质和自我提升，这些都是隐性资产。不知不觉中，花钱的同时也完成了资本的二次升值。

04

挣钱的人只需要考虑自己，花钱的人却要考虑整个家。

曾见过一对老夫妻，几十年如一日的恩爱，日子过得风生水起。

在他家中的收纳柜上，摆着一个镇宅之宝——账本。里面是妻子年轻时记载的零零碎碎的事。

某月某日某时，买了一把剪刀；某月某日某时，买了一斤面；某月某日某时，买了一匹布。事无巨细，如数记载。

这小小的一个账本，记录着家中几十年的兴衰。从小事到大件，从清寒到富足，从两个人到一家人。

正是有了这本不糊涂的账，家里的日子才越过越好。

水电费、保险费、油费、维修费、物业管理费，统统需要考虑。只要少了其中任何一个，都会严重影响生活质量。

为什么爱面子的男人带女朋友逛街，总讲不下来价，不好意思比价，网友说了，这叫趾高气扬。

女人会通过货比三家、挑三拣四的方法来讲价，选择最好的那一款，不花冤枉钱，家里需要的物件慢慢齐了，小装饰品越来越多，也越来越有家的味道了。

05

男人挣钱，女人花钱，看似是男人更辛苦，但实则不然。

男人挣钱可以出门走天下，女人花钱却只能被困于方寸之间，对着家中无数需要照管的琐事空叹气。

有句歌词这么说，“是谁来自山川湖海，却囿于昼夜、厨房与爱？”

甘心为了家人与亲人，将自己的年华锁在厨房与昼夜，个中辛苦，可见一斑。

希望姑娘们都能收到世界上最美的两朵花——有钱“花”、随便“花”。

男人圆女人的公主梦，
女人成就男人的英雄梦。

最好的爱情就是互相成全

01

前两天末那在网上看到一张照片。

照片里的周韵极有风韵，她看向姜文的眼神里饱含着欣赏、崇拜、欢喜与爱慕。

照片上写了这样一段话：

在爱情里，女人总是会带着些崇拜感的，如果少了这份崇拜感，女人就算爱上了，也不过是感动和将就。

而爱情里，男人总是有宠爱欲的，如果连这点宠爱欲都没有，就算在一起，也仍是冷漠和偏执。

所以，两个人的幸福很简单，无非就是我崇拜你，你宠爱我。

02

爱一个人是藏不住的，就算捂住嘴巴，也会从眼睛里跑出来。

看向自己喜欢的人时，眼角余光里都泛着柔波。

曾有人评价刘诗诗，她最美的时刻，就在她婚礼的那天。

他说刘诗诗的眼睛稍有些无神，总给人一种呆萌感。但结婚那天，她看向吴奇隆的眼神却一改往日，眼底尽是温柔、欣赏、欢喜和心动。仿佛眼睛里曾经有早春料峭的寒冰，在看到他的一瞬间通通解冻，流淌成一汪春水。

03

曾在电影院里看到一个场景，女生枕着男生的肩睡着了。

在轻唤确认她睡着了之后，男生便一直保持着背脊笔挺的状态，身体一动不动地僵直了一个小时，直到电影结束女生醒来。

这一个小时，便是他最温暖也最体贴的爱。

末那也曾听到一个粉丝说起，自从和男友在一起后，不管买什么东西，他都习惯性地买两人份。早餐是双份的，零食是双份的，火车票是双份的，学校里需要的参考资料也是双份的。

直到那天，他有些着凉，买感冒药的时候也习惯性地为她买了一份。

她哭笑不得，却在接过药时，看到他温柔眼神的那一刹那，怦然心动。

处在爱情中的男人，会一改之前的粗心大意，体贴入微，小心翼翼地宠爱她，仿佛她是那个命中注定驾着南瓜车、踩着水晶鞋而来的公主。

04

所谓爱情，不正是如此吗?

别人过马路时要站在我的左边，我不记得，但你这么做，就让我特别温暖。

别人记得我喜欢吃什么，我没感觉，但你记得带我喜欢吃的零食，我能开心好几天。

别人夸奖我时我不以为意，但你夸奖我时我却控制不住嘴角的笑容。

别人祝贺我项目成功，我没有多大喜悦，但你祝贺我时我像中了大奖。

你对我来说是独一无二的，我于你而言同样无可取代。

灵魂伴侣，不过如此。

你在我面前，就是全世界在我面前。

05

男人若是不宠女人，女人总是会不够自信。

女人若是不崇拜男人，男人再成功也兴奋不起来。

男人圆女人的公主梦，女人成就男人的英雄梦。

爱情或许可以没有一蔬一菜，没有存折里的数字，没有触摸与拥吻，但独独不能缺少这份宠溺和崇拜。

男人宠出女人的公主梦，女人成就男人的英雄结。

Rollei 35 S

永远不要因为对方做错一点事情，
就忘却过去的日子里，他是怎样对你好的。

一个人到底有多在乎你，犯个错就知道了

01

为人处世中，末那时常提醒自己一句话，“不要因为一点错，就忘记对方所有的好”。

对亲人，对朋友，对同事，都是如此。

因为我清楚地体会到，没有人的付出是无缘无故的。

每天坚持为你煲汤的人，一定是因为很心疼你的身体。如果哪一天汤的味道咸了，你可以说“亲爱的，明天的汤可以淡一些吗？”而不该说“你怎么连个汤都煲不好？”

每天顺路送你上下班的同事，一定是因为把你当作朋友，而不是仅因为顺路。如果哪天他不能送你了，你可以想别的办法，而不该指责他为什么今天不载着你。

别人的好对你来说就像一颗糖，可能吃了就没了，但你应该记住那

一刻在口中的甜蜜。如果哪天他犯了错，可能那种甜味会变淡，但它不该像一道疤痕一样留在你的身体里。

02

如果你曾经所有的好，瞬间变成对方的无足轻重，一点错误就成为他的耿耿于怀。

你会开始怀疑自己在对方心里的重量，你的存在，对他来说到底是习惯还是喜欢。

这个世界上，本就没有什么理所应当。所有人的诚意和关心，都是出于浓浓的善意和爱。

末那的朋友小诺是自由职业，她体谅男朋友上班辛苦，每天变着花样给他做好吃的送到公司楼下。

男朋友一开始很感动，后来就习惯性地享受小诺做的爱心便当。但有段时间小诺不怎么来送午餐。

男朋友质问她："你不给我送饭，我吃什么，每天给我做一顿饭这么困难吗？你明明知道我不爱吃外卖。"

他完全没想过，小诺因为工作原因，天天忙到自己都没时间吃饭。

后来，小诺跟男朋友分手了。在分手最后，她给他发了一条短信：

"我对你的所有付出，都是因为我喜欢你。因为喜欢你，为你做什么我都愿意，假如你看不见我对你的喜欢，因为一点小事就指责我，那我无法再继续喜欢你了。"

而人对于痛苦记忆的印象，总是会比快乐的记忆深刻。

故事的结局，悲剧往往比喜剧更深入人心。

03

每天给予你很多快乐的人，你或许会不记得，但却能记得那个曾经带给你伤害的人。就像是我每天都会为你倒一杯热水，直到水变温再给你。忽然有一天，我着急递给你，水烫到你了。你斥责我水都倒不好，这样的我还能做好什么。可是你并没想过，为你倒了千万杯水的我，这是第一次烫到你。

很多时候，我们好的时候不会想起这个人所有的好，不好的时候却能想起这个人所有的坏。

我们享受着别人对自己不求回报的好，可能已经成为习惯，然后习以为常。

可是这个世界上，除了亲生父母，没有谁能够无条件地包容我们，也没有谁可以一直无条件地对我们好和付出。

同样，如果我们遇到这种不看你所有的好，只追究你做错了什么的人，能做的也只有敬而远之。

被全盘否定的感觉，就像我在冬天里焐着你最爱的烤地瓜，满怀热情地走向你，然后你看都不看，就迎面向我泼来一盆冷水，将我冰到彻底。手里的烤地瓜掉了，我愣住几秒，转身走了，再也不想捡起来了。

04

无论是恋人还是朋友或是家人，比起责怪，更要学会互相体谅，这也是人生的必修课之一。

永远不要因为对方做错一点事情，就忘却过去的日子里，他是怎样对你好的。

不要做让自己日后失去他的时光里，想起来后悔莫及的事。

多想想对方带给你的温暖和爱，闪亮的日子总是多过黑暗。

如果有个人能因为你的一点好就原谅你其他的不好，千万要好好珍惜，没别的，他就是因为太爱你了。

爱的成本一点也不高，
若实在要说贵，就贵在一个态度上。

情商高的男人自带省钱属性

01

看到一句话，“我觉得大部分女生都是，我要你肯给我花钱的态度，但我不要你给我花钱，然而有些男人没这个态度，就开始说女生都爱钱”。

这些年关于女人物质和现实的说法越来越多，好像长久以来靠情感支配的女性一下就变得理性了。

与其说房子、车子、票子变成择偶标准，不如说付出态度最能直接看出她在对方心目中的位置。

哪个姑娘不想找一个给她买遍所有口红色号的男人，哪怕实际上只买过几支，哪怕只是出差时说一句“老婆，这次去香港，我先去把口红给你买回来”。

女人真的那么在意你给她买的几支口红吗？

她在意的是你时刻把她的喜好装在心里的态度。

02

会宠老婆的男人，一般去饭店点菜的时候，都会说一句“老婆，随便吃随便点，点最贵的，别给我省钱”，有时还会调高音量，让旁边的人都能听到。

这种行为绝对不是没有素质的土豪式炫耀，而是马上给女人一种被宠爱的感觉。

女人的安全感就是有人心甘情愿为她付出，优越感就是让别人也知道她的幸福。

女人缺这顿饭吗？根本不缺，她需要的是被宠爱包围的感觉，这时一个情商高的女人反而不会点最贵的菜，而是点最得体的，显得自己落落大方。

当她问你要口红的时候，在意的是口红吗？

她在意的是看着别人家的老公会因为宠爱老婆而买来一整套，为什么她没有。

如果你不信，你可以看看那些单身的女孩，即使没有男朋友，她们也没少过口红用，没少过包包背，因为现在的女人还是有能力满足自己的需要的。

03

女人最会盘算着过日子了，这个月你为她买了一支口红，她也想努力多赚点钱为你添件新衬衫。

其实爱的成本一点也不高，若实在要说贵，就贵在态度上。

女人不需要你花太多钱，你会发现当一个女人认定你的时候，她一定会为你省钱，因为她会把你们看成一个家，钱是共享的，自己的钱谁都不舍得乱花。

反之如果你给不了她这种感觉，她只会把你的钱看成别人的钱，不花白不花。

所以，男人最大的误区，就是把女人笼统地分成了过日子型和败家型两种。

就算她一出生就是高高在上的公主，可当她选择穷小子的时候，也会意识到生活要前行，大手大脚的习惯也会克制。

末那想说，爱其实很简单，要么拿出态度，要么拿出钱。

爱情的姿态越高，成本越低，反之姿态越低，花多少钱都很难弥补，每个男人都可以算算这笔账。

聪明的男人会把幸福成本降低，让幸福轻而易举。

毕竟男人没钱、没本事都是一时的，只要有合适的态度，什么都会有。

我能想到美好的爱情，
便是择一人，务一事，尽一生。

什么样的爱情能走到最后，就看这三个瞬间

01

人这辈子一共有三次重生。

第一次，是当你对一个人一见钟情时，你的心怦怦直跳，从生理的角度上讲，你重生了。

第二次，是当你结婚生子，开始为家庭、孩子负责的时候，从社会角度讲，你重生了。

第三次，是当你和一生所爱走到岁月尽头，此时生命没有遗憾，你也不再惧怕离别，那一刻，向死而生，是真正的重生。

02

俄罗斯摄影师 Irina Nedyalkova 为一对老夫妇拍的一组照片在网上

掀起一阵热浪。

愿得一人心，白首不相离。爱情里最浪漫的，是两个人一起长出美丽的皱纹，一抬眼发现彼此就在身边。

时光染白了头发，我犹爱你如今芳华。

我能想到美好的爱情，便是择一人，务一事，尽一生。

看《北京遇上西雅图之不二情书》的时候，最让末那感动的就是爷爷奶奶结婚时，老戏骨秦沛对吴彦姝饰演的奶奶说的那段话，他们一起走过了七十年的风雨，依旧还是那么喜欢。

“老太婆，你身体一直不好，又不爱动，没事总喜欢躺在沙发上织毛衣。别怪我说话不好听，你要比我先走。这样也好，你胆子小，又笨，总爱哭。我先走的话，你一个人我不放心，家里一大堆事你怎么处理？你又爱哭，这都七老八十了，还改不了，留你一个人在那哭，我更不放心了。老太婆啊，有病，确实啊，招人烦，不过你放心，你再烦我也不会嫌弃你。当然了，我脾气不好，你要是到了那头，愿意的话，就等一等我。如果你不愿意，你就找一个脾气比我好的，我也答应。那咱俩就说好了，墓碑上边，我会空出一块，到时候我把我的名字刻在你的旁边，行吗？”

我怕你会想我想得吃不下饭，睡不着觉，所以，我宁愿你先走。

哪有什么门当户对，轻而易举就可以幸福美满的婚姻，不过是两个只有五十分的人，把生活过成一百分。

女人给予男人最温暖的一句话是“你的不容易我都懂”，男人给予女人最温暖的一句话是“无论何时我一直都在”。

爱情和婚姻就像去海边捡贝壳，不要捡最大、最漂亮的，要捡自己最喜欢、最合眼缘的，并且找到了就不要惦念着再去海边了。

让时间去筛选真正爱你的人，最终能留下的，都是真的想要对你好的人。

03

我们都曾在最留不住人的年纪，遇上了想留住一生的人，我们也都在最无法给予承诺的年纪，遇到了想承诺一生的人。

记得作家方晴曾经问过爸爸："什么是爱情？"爸爸说："爱情就是爸爸什么都没有，妈妈依然嫁给了爸爸。"

她又跑去问妈妈："什么是爱情？"妈妈说："爱情就是爸爸什么都有了，依然爱妈妈。"

爱情就是开始时压制不住的新鲜悸动，后来的人生不易有人能同舟共济，最后人老鬓衰还不离不弃。

从来没有什么一生只能爱一个人，而是想不想只爱一个人。那时候男人的信念，不过是第一不可忘国，第二不能负她。

看到一句留言特别好，"很多人总嚷嚷着要找对象，可是从来没有主动想要去了解谁，因为害怕快餐爱情，害怕分开，害怕最后我认真了别人却只是敷衍。所以一直等，等一个到最后还在自己身边的人"。

04

我坚持或者偏执地相信有一个人会看穿我假装的冷漠，真正地靠近我，留在我身边，爱着我，也给我一个机会去爱她，如果最后能在一起，那么晚点也没关系。

所谓年少夫妻老来伴，就是战得胜时间，抵得住流年，经得起离别，受得住想念。

毕竟叫一声“老婆”容易，叫一声“老太婆”太难。

真正爱一个人，
就是把你的麻烦当成他的需要。

喜欢你的人不怕麻烦也不忙

01

朋友讲起她大学时的男友，那时做作业需要视频软件，自己又不会解密，只好拜托同一社团的计算机系男生帮忙。

男生接到电话赶紧从健身房跑到她宿舍楼下，大汗淋漓地接过女孩的电脑。第二天一早就把电脑送过来，装软件的时候还顺便帮忙修了一下屏显。

女孩总觉得过意不去，想要请他吃饭，于是男生推掉了聚会过来，最后还是男生悄悄结了账。

后来女孩翻看他的朋友圈，才发现除了自己社团活动宣传，就是转载的她发布在公众号上的文章。

原来男生一直默默关心着她。

他从未对女孩说过喜欢，却不厌其烦地帮女孩解决麻烦。

他从未有过甜言蜜语，却永远把女孩的事情放在第一位。

真正爱一个人，就是把你的麻烦当成他的需要，把你的时间当成他的陪伴，反正还有一生可以浪费。

02

后来女孩需要装软件，舍友的电脑需要修，都会找男生帮忙。

每次都是男生跑到女孩的宿舍楼下，虽然在一个学校，两个人的宿舍却隔了一座小山丘。

可是，所爱隔山海，山海亦可平。

这种感情，无关风雨，深情而不纠缠。

因为喜欢你，你的麻烦对我来说就不是麻烦，而是需要。

03

末那高中时有个很漂亮的女同桌，每次课间的时候，隔壁班那个又瘦又黑的男生都会找她聊天，时不时给她买零食，送小礼物。

后来同桌答应了男生的追求，所有人都认为男生长得太丑配不上她，觉得女生肯定只是和他谈着玩玩。

可我知道，女孩是真心喜欢男生。

男朋友生日的时候，她为他准备了一个月的生日礼物，花费很长时间去搜集鹅卵石，每个石头上面都画了可爱的图案，又小心翼翼地将石头包装好，放到铺满海绵的礼品盒里。

现在很少再见到这样可爱又用心的礼物了。

很多人懒得去了解对方喜欢什么，懒得挑选礼物，忙着工作，忙着应酬，没时间付出真心。

04

末那前两天翻看后台留言，看到一个小姑娘委屈地抱怨：

“我好像从来没有重要过，他只是偶尔需要我，现在偶尔也没有了。一直都在欺骗自己，他还是喜欢我的，他只是性格不主动而已。我为他找了好多理由，最后才发现真的只是我沉醉在自己的想象当中而已。”

有时候不喜欢你的人对你不好，其实就是对你好。

女生喜欢你的时候，要么答应她，要么就让她死心。给她一点希望又丢她一脸绝望，这种男生值得爱吗？

不喜欢你的人永远都是你主动找他，很久之后才会回复你，“不好意思才看到信息，但我要睡了”。

不喜欢你的人总会特别忙，甚至告诉你，“先不跟你聊了，我只有百分之九十八的电了”。

在爱你的人眼里没有麻烦，在不爱你的人眼里，你的存在就是个麻烦。

05

喜欢你，是像怀里揣了一颗糖；见到你，满心欢喜地笑啊笑的，蹦跶一下就化开了，从眉脚甜到了脚尖。

他会记下你所有的心愿，哪怕比赛在即，训练紧张。

他会带你去游乐场陪你蹦极，尽管自己恐高。

他会永远把你放在第一位，竭尽全力地对你好。

喜欢一个人就是无论多忙多累，都会披星戴月地赶回来爱你。

幸福，大概就是，你喜欢黏着的那个人，永远都不嫌你麻烦。

06

有时候女孩生气，不是因为你忙，没有时间陪她而无理取闹，她们生气是因为你说过的话总会忘记。

忘记约定好的时间，忘记她的生日礼物，忘记你们的结婚纪念日，忘记她生理期之前的小情绪。

如果一个人喜欢你，他再忙都会挤出时间跟你聊天，陪你去做想做的事情。

世界没你想象中那么好，也没你想象中那么坏。

“你过来，来我身边，月亮不抱你，时光摧毁你，可我爱你。”

如果感情是一杯需要彼此用心维持温度的热水，
那敷衍就像不断吹出的冷风，逼迫水的温度慢慢降低。

“嗯”才是感情的最大杀手

01

前天夜里，看到朋友圈的一张聊天截图，上面配了一段话：每次看到对方就发这一个字，感觉像是把这辈子的话都说完了。

“还忙吗？”

“嗯。”

“那你先忙吧……”

“嗯。”

透过短短几句话，我能够真切地感受到她内心的苦涩与无奈。

她后来在评论里发，还不如沉默呢，至少会有无数种不回复的可能。

在末那眼里，你不理我，我可以让自己认为，你刚好在忙，你睡着了，你被绑架，你无论在做什么，但我知道你一直在想我。

可你的一句“嗯”，把我自欺欺人的权利都夺走，未免太残忍。

真的忙到连多于五个字的话都来不及说吗？

“我现在在忙，稍后回复你。”“再等一会儿，开会呢。”说这些并不会占用你太多的时间。

奥巴马竞选美国总统也不会错过女儿的家长会，你这么忙，大概是在拯救世界。

你告诉他你昨天找工作屡屡碰壁，今天出门碰到劫匪，明天要跟朋友蹦极，他却只回了一句“嗯”。

原本攒了一天的千言万语，瞬间被对方的一个字打击得溃不成军。

你明白不必再说下去了，却又止不住地心疼。

不是心疼那些没说完的话，而是心疼分手的原因不只是惊天动地，也可以是毫不起眼。

原来没有任何感情，是突然间从热烈到冷淡的，它一定是有一段循序渐进的过程。

02

如果感情是一杯需要彼此用心维持温度的热水，那敷衍就像不断吹出的冷风，逼迫水的温度慢慢降低。

感受不到对方传递过来的温度，两个人很快就散了。

末那想起大学时期一位学姐，有一天她精心策划的晚会结束后，在庆功宴上她喝了几杯便泣不成声。

她说一段六年的感情就这么没了，眼睁睁地看着它一点点消失，想补救都来不及。

感情结束的前兆一定是对方不再配合你。

我曾经无意间听到她和男友通电话，她在不断地寻找话题。

社团活动有意思吗？今天聚餐吃的什么菜？明天的课多吗？

她每句话的间隔不超过三秒，附带温柔的强颜欢笑。

多么奇怪，两个人刚在一起的时候，可以连续几天几夜地聊天，明明没什么可说的，只是单纯地喊对方的名字，都能满足得睡不着。

她说她其实明白，爱你的人，不舍得让自己来结束这段对话，就像打电话的时候，对方一定会先让你挂。

03

异地恋恐怕是恋爱关系的头号杀手，可我觉得它只是替罪羊。

毕竟，我们也看到过很多异地多年却修成正果的恋情。

昨天跟同事们在微信群里讨论异地恋，有个同事突然发了一张与爱人的聊天截图。

恋爱五年，结婚三年，她爱人由于工作原因经常出差，导致两个人聚少离多，但聊天时字里行间都散发着浓浓的恩爱气息。

圆满的异地恋有一个共同点，就是双方会用心珍惜接触到对方的每分每秒。

无论是课余时间，还是工作的闲暇，他们竭尽所能地做一些拉近距离的事情。

爱情就是即使分隔两地，也要带着你那份一起生活，毕竟余生我是想两个人一起度过。

希望每份感情，都是一首唱不完的歌，无人舍得做终结者。

没有完全合适的两个人，
只有互相迁就的两颗心。

最好的关系，是彼此成就

01

听到身边有好几个人说：“我可能要孤独到老了。”

在这个拥挤着六十亿灵魂的世界上，有很多人每天都在漫无目的地寻找知己。

认识的人成百上千，却没有一个是适合自己的。

觉得很难过，这个星球人那么多，我们还能遇到对的人吗？

和一朋友谈起这事的时候，她说：“能啊，然后给我秀了一下无名指的戒指。”

“遇到一个合适的人，从来就不是概率事件。你要做的，是先遇见你自己。”

我笑了一下，突然有些释然了。

是啊，我们一直在寻找一个适合自己的人，却没人愿意改变自己，成为适合对方的人。

其实这个朋友的感情，我是一路看过来的，她和爱人磕磕绊绊很多年，中间有好几次争吵我都觉得他们要分手了，可是他们还是携手走到了婚姻殿堂，靠的正是不断的沟通与磨合。

在她的身上我明白了，好的感情都是能够自省的。

在与爱人相处的漫长岁月里，我们都在所难免会触到对方的雷区，自己身上的刺也会不小心扎到对方。

但我们在一段争吵或者矛盾过后，能够心平气和地坐下，向对方袒露心事，直面脆弱，相互理解。

做到这一点的话，两人的相处只会一天天更好。

事实上，没有完全合适的两个人，只有互相包容的两颗心。

两个人能不能走到最后，能否长久地在一起，完全取决于自己做了什么样的选择，又做了什么样的改变。

02

很多人都有这样一种感觉，就是在恋爱一段时间后，会觉得对方哪哪都看不惯。

真的是对方变糟糕了吗？其实也不是。只是两个人相处久了，这些细节就容易被放大了。

说到底，会产生这种感觉，还是两个人缺乏沟通，缺乏与对方一起变好的耐心。

很多时候，你觉得他不够懂事，不够好。

但你想啊，他也是第一次和你谈恋爱。刚开始的时候，什么都不会，关于爱情，关于你。

真正的爱人不是你拣个大便宜，不劳而获从天上掉下来的。而是你要给他时间，让他学会如何爱你。同样，你也要学会用更好的方式去爱他。

很多情侣都不知道感情是如何变淡的，其中一个很大的原因就是当出现隔阂和埋怨的时候，却从来不对对方谈起。

事实上这种在爱里的沉默，才是对爱最大的伤害，只会让对方的缺点进一步扩大，直到毁掉两个人的关系。

没有谁天生就适合到足以共度一生，即使是一点灵犀的爱，也并非无师自通。

绝大部分让人羡慕的爱情，都没有看起来那么简单。更多的是凭借两个人的不断努力，不断磨合变好的。

比如，她不喜欢我熬夜，我就不熬夜；不喜欢我总玩游戏，我就少玩。我不喜欢她小气，她会逐渐懂得体谅；不喜欢她太瘦，她会和我一起吃肉。

爱情本来就是两个人的事，要同步地爱和前进，如果只是一个人在努力，那就是徒劳。人无法学会改变，跟谁恋爱都不合适。

03

在末那的心目中，最合适的两个人，应该是互相赋予的。

刚开始相处的时候，的确会因为性格和生活方式产生一些争执。这是很正常的，毕竟我们都是和对方的缺点过日子。

但到了后来，他接受你的不完美，你也看遍他的瑕疵。在认识完整的对方之后，你们依然愿意长久又深情地在一起。

只有这样，才能把婚姻过成恋爱的样子。

所以你要相信，总会有那么一个人，会为你改变，会为你放弃一切为爱情设定的条条框框。

你为他妥协，他也为你心软。

在他一天天努力变成好丈夫的同时，你也在一天天变成更好的妻子。

在我看来，这就是最好的爱情。

PART 6【厨房与爱】

一蔬一饭，皆有感情

第六封信
孤独人都要吃饱

《千与千寻》里说：“食物有很强大的治愈力量。”谈起食物与爱，我会想到很多。

比如年少时期第一次约会时的晚餐，或在某个城市尝到的一碗温暖的面，很多很多……

但仔细回想起来，我一生中情感的源头，大概就是饭桌上来的。

从我上小学开始，我家基本都是我父亲做饭，做完饭我们在饭桌上谈论最多的就是关于感情的问题。

那时候我还小，感触不是很深，但我父亲还是希望我能懂得爱是怎么一回事。

其实很多人不知道的是，我母亲在我很小的时候就瘫痪了。之后多年，一直都是父亲照顾着她。

我父亲这一辈子只有一个女人，这一辈子也只爱一个女人。到最后，这个女人也是在他的守护下去世的。

在我的印象里，他在家里面扮演了多种角色，又当妈妈，又当爸爸，又当老师，又当保镖，然后又当厨师。

听过很多人说，最佳男朋友应该是多重身份。其实在这个世界上，一个真正厉害的爸爸，是那个能扮演所有身份的人。

母亲刚检查出病，身体还能支撑得住的时候，偷偷起床给我们做饭。她那时候颤颤巍巍地站在一个小板凳上，左手扶着腰，右手握着勺子，吃力地给我们炒最爱吃的菜。

父亲见了，躲到房间里难过很久，从那次起，他再也没有让母亲下过厨。

刚开始他做的饭菜并不好吃，但是他私底下拼命尝试，改进饭菜的味道，到后来越做越好。

我还记得，尽管我父亲无微不至地伺候，母亲还是会撒娇。因为她对父亲的这种信任是很坚定的，非常坚定。

她知道父亲不会离开她，甚至比以前更任性了，她相信这个男人足够爱自己，才会有这种底气。

我印象当中，就是母亲在撒娇，说今天的饭菜不好吃，或者说哪里不够舒服，但父亲最多的表情就是既气又笑。

就是有的时候也会生气，但是气着气着就笑了，就看着她"唉，真的气死了！"然后就咧着嘴笑起来。

我曾经问父亲一句："爸，是不是你有的时候也苦中作乐呀？"

父亲回答我："没有啊，从来没觉得苦，照顾亲人，照顾家人让我觉得很开心、很满足。"

父亲对我的这种影响也是非常深的，他在饭桌上对我的情感教育和情感灌输，那叫饭桌情感。

他的每句话，如何对待爱的人，如何照顾他们的味觉到温暖他们的内心，都是有学问的。

父亲常说："人都活一辈子嘛，各有追求。有人要玩一辈子，要享受，要风光，要出名，要赚很多钱。但有些人崇尚的就是吃，我就是，我要吃一辈子。"

他说这世上有很多东西都是浮云，我们作为人是有温度的，就像食物一样，有温度。

他那句话我一直都记着，“生而为人，情感才是我们人类最大的财富”。

包括我开餐厅，也是受到父亲的影响，我开的餐厅始终强调坚持有温度这件事情，赚钱这件事只能说是第二，最重要的是它能创造一些美好，是做出来的那些东西，能不能让别人感受到有温度。

我常常觉得味觉和心是相通的，无论是厨房里的那些料理，还是餐厅厨师用心点缀的甜品，都混杂着爱在其中。

大概我们这一生都离不开厨房与爱吧，这就是最有人间烟火的地方。

一屋，两人，三餐，四季。

厨房与爱，是最好的生活

01

关于美食，其实有很多想说的。

一直以来，我都比较喜欢看美食类节目，自己对照着学，做出来的时候特别有成就感。

在和其他人聊天的过程中，我也总是会不经意地问一个问题："你会做饭吗？"

并不是想延伸某种话题，让彼此聊到美食乃至三观，或是试探性地了解对方的贤淑程度，还有生活技能。

而是我的潜意识里，觉得做饭是生活中很重要的一部分。

02

有关食物的感受，也就相当于有关家庭的，有关温暖的，有关味觉与心跳的，一种微妙而真实的传达。

在李安的《父亲三部曲》里，无论是《推手》《喜宴》，还是《饮食男女》，每部电影对饭桌场景的描绘都尤为细致。

有的压抑紧张，有的轻松愉快，也有的一蔬一菜里，满是关怀。

因为在绝大多数时候，中国人的饭桌既是家的体现，也是爱的表达。

父母为孩子们准备喜欢吃的食物，爱人相互体谅对方的胃口，协调到最融洽的程度。

《饮食男女》这部电影我看过三遍，每次看都有不同的感悟，除了对里面种类繁多的美食垂涎之外，更多的是被里面家庭的温情打动。

电影很经典的片段，是开头父亲在张罗着晚宴，他一个人杀鱼、切菜，把一桌子的菜准备好。

这个威严寡语的男人，可能不是很擅于表达，甚至连找了一个女友，也是下定了巨大决心才告诉女儿。但他把自己对家人所有的爱与温柔，都融于美食之中。

作为一个退休的厨师，他希望尽自己所能做好每顿饭，让所有回家的孩子，都能在其乐融融中，体会到家庭的温暖。

03

小时候看《中华小当家》，有一场麻婆豆腐的比赛，其中小当家靠着回忆妈妈曾经做的麻婆豆腐的味道而赢得了冠军。

就像妈妈当年不厌其烦地问你今天想吃什么，就像她带你到集市去，让你挑选自己最喜欢的食物，然后回家加以烹饪，满怀成就感地看着你吃。

有一句我很喜欢的歌词："是谁来自山川湖海，却囿于昼夜、厨房与爱？"

所谓厨房与爱，美味代表着家庭的味觉，爱就蔓延在舌尖。

我们彼此传递、相约、守候，在一个最美好的清晨或夜晚，尝到一份爱人最温暖真挚的礼物。

食物真的是很治愈的，四季更替，万物轮回，人与自然相互给予，相互奉献。

很多时候都觉得，人生最美妙的意义，其实就藏在一个小小的饭碗里。

04

味觉也经常会触发某个时期的某个故事，就像嗅觉做的那样。

可能是在异土他乡，吃到了熟悉的味道，让你一瞬间想家。也可能是在很多年后，味蕾告诉你，这个感觉，是某个人曾经带给你的。

记得以前喜欢放学后运动，去操场上跑步或者打球，为此我常常顾不上吃晚饭。空腹坐在教室里是很难过的，有时候身边的人吃个鸡腿什么的，闻着味道，真的会饿到出虚汗。还好那时候有个人，总是带着她家的饭菜，惊奇地出现在我的教室门口。

“又不吃饭，你肯定饿了吧。”

看见她的感觉，不亚于看见救世主，谢天谢地地接下了她的那份饭，真的好吃，说不出的滋味。

后来我也曾为她亲自下厨，做的无非是一些很简单的饭菜。

她说很好吃，我尝过了，也就一般。可是她说：“真的很好吃啊！”

我们就这样在厨房这个狭窄的空间里，经营起味觉与浪漫。

05

对很多人来说，无论后来吃过怎样的山珍海味，是米其林还是五星级大厨的手艺，但最让人难忘的，还是最初带给自己温馨与爱的那些味道。

川端康成在《伊豆的舞女》里写道：“当我拥有你，无论是在百货公司买领带，还是在厨房收拾一尾鱼，我都觉得幸福。”

听过这样一句话：“婚姻幸福的家里，都是很有烟火味的，在爱情里，能够满足爱人的味觉，真的是能让自己有巨大的幸福感。”

当时不懂，直到后来我去了一个朋友家，朋友家的房子是新装修的，很宽敞，也很漂亮。

但我环顾一周后，总觉得有哪里不太对，就是感觉太新了，几乎一尘不染。

我问朋友："你们应该没有使用过厨房吧，看样子是全新的。"

他显得有点尴尬，但也很直接地告诉我："我和老婆都不会做饭，平时要么出去吃，要么吃外卖。"

我当时就觉得挺可惜的，因为两个人要是从不下厨，每天靠外卖，家的幸福指数会降低很多。

与之相反的是我的另一个朋友，他很喜欢做饭，也经常邀我去他家吃饭。

"末那，我跟你讲，我新学了一道菜，你一定要过来尝尝……"

盛情难却，我也就去了，每次都是满满一桌子菜。

我就坐在客厅，闻着屋子里的菜香发馋，时不时到厨房里去帮帮手，看着他们夫妻俩忙里忙外，炖鸡，煮汤，洗菜。

他们从不觉得这个过程枯燥无味，反而乐在其中，一个人掌勺，另一个人翻看食谱，时不时嘻嘻哈哈。

当时就想起那句话：一屋，两人，三餐，四季。

此生要是能遇到一个爱你的，和你志趣相投、味觉相近的人，那真的是天大的运气。

06

我相信你一定能够开始一段舒服的感情，那个人不会是你的全部，却能填补完整你的世界。

你可以陪他走遍山川湖海，再回归两个人小世界的浪漫。

这样的感情，就像两人互相体谅对方的味觉和感受，你切菜，她熬汤，抬头便能望见对方可爱的眼神。

只愿你的厨房有烟火，客厅有笑容，卧室有拥抱，爱人跟你一蔬一饭，你跟爱人一颦一笑。

这就是厨房与爱，也是最好的生活。

厨房飘出的炊烟，
是一种人情温暖的象征。

一蔬一饭，皆有感情

01

之前看到网上的新闻，说有人发明了能够自动做饭的机器。

只需要选择菜名，按动按钮，就能够在二十分钟内给你炒好。口味可以根据每个人的喜好定制，咸甜合适，也很入味。

这当然是一个令人惊奇的创造，说不定能就此解放那些需要每天抽时间做饭的人。

不过底下有个留言说：“这样做出来的饭，是没有灵魂的。”

虽然是开玩笑，不过是真的，如果能选择的话，即使是同等味道，大家也更乐意品尝那些亲手做出来的美食。

因为用心做的一蔬一饭，品尝的人都能品味到那一份认真与爱。

02

而对于做饭的人来说，能够看到对方尝到美食后欣慰的表情，就已经很满足了。

因为觉得做饭是一件很有仪式感的事情，值得用心去做。

我还喜欢冰箱是满的，果汁、面包、酸奶都行。

因为觉得有一种特别的安全感，无论是在某个空腹醒来的早上，或是饥肠辘辘的深夜，都可以第一时间让自己得到补充和满足。

之前有朋友跟我开玩笑说："末那，你在厨房上真舍得。以后少了什么厨具，就上你家来借。"

我笑着说"没问题"，其实心里也有点小小得意。

是真的，我喜欢做各种类型的食物，中式的、西式的，甚至一些小众吃法也会尝试。

所以，一些烤箱壶罐、长短刀勺、碗筷厨具，都能在我家找到。

在吃这件事上，我是真的不将就，因为觉得满足自己的味觉，就是最大限度地取悦自己。

能够选购自己喜欢的食材，按照自己喜欢的方式去烹饪。

03

朋友说自己好久没正经吃过一次饭了，每天两点一线，在租来的房子和偌大的公司两地奔波，在拥挤的地铁被人流推来推去，来不及做饭，只能一日三餐吃外卖。

人在他乡，总免不了想家，而食物是人最深处的乡愁。最容易被击溃的不是工作的压力，而是吃不到那口熟悉的家乡味。

于是到了周末，她花了一整天的时间，去超市认真地挑选食材。把自己很久没有动过的锅具拿出来，看着网上的教程开始学着做饭。

食物出锅的那一刻，是家的味道。

工作这么多年，没有融进这座城市；因为这顿饭，感受到了归属感。

其实家就是这样的感觉，工作了一天，能有一顿精心准备的饭菜；忙了一天，能有人等着你一起吃饭。

无论是三五好友一起谈论遇到的趣事，还是独自一人品味难得的宁静，只要身暖胃饱，拥有各式佳肴，就能熨平所有的伤痕。

生活就该有这样的仪式感，学着把厨房利用起来。一个人对待厨房的态度实际上是对待自己的态度，把厨房收拾得锃光发亮，永葆一颗热爱下厨的心，哪怕是一个人也要做精致的饭食，过细腻平静的生活。

厨房飘出的炊烟，是一种人情温暖的象征。有时候家之所以为家，不过就是因为那厨房中的烟火气息带来的幸福感和所酝酿的各种亲密关系。

只是因为在人群中多看了你一眼，
我突然变得好有食欲。

有一种喜欢，叫我想和你一起吃饭

01

每个人都有这样的体会，就是不能忍受和自己不喜欢的人一起进餐。

我可以做一切虚情假意的事情，让别人感受不到我的情绪，除了吃饭这件真真切切的事，和不喜欢的人坐在一起吃饭，尴尬症都犯了。

这会透支我的生命力啊！

02

和喜欢的人就不一样了，我愿意把我吃到最好吃的，第一时间和他分享。

有时候独自品尝了一顿美食，反而会遗憾，要是他也在就好了，下次一定带他来。

我喜欢你的时候，最大的爱好就是约你出来吃饭，我也不知道除了吃饭以外，还有什么能让你感受到我的温度。

03

吃饭是一件有温度的事情，它可以在寒天地冻中把你的身体焐热，也能让你在一瞬间感受到我在乎你。

比如吃饭时我可以给你夹菜，记住你的喜欢和忌口，知道你愿意喝汤，特意给你点的。

知道你不吃大蒜，我让厨师做所有菜都不要放大蒜，你瞬间就会很感动，因为你知道我在乎你。

甚至为了迁就你，我改掉了自己的习惯。

04

没有什么比吃饭更有学问了。

一场饭局大家吃吃喝喝，马上就能消除距离，增加亲密。

这也就是为什么很多人一起吃过饭后会说“之前没吃过饭，今天算正式认识了啊”。

在中国，有一种关系叫“上次一起吃过饭”。而这种关系往往能成事。

05

也许每段关系的开始和延续都和吃有关。

多少好闺密是一起吃饭认识的。

多少朋友的关系是一起吃饭升华的。

比如我和朋友都愿意晚餐吃油条，觉得那是种特别的感觉，恰好有一家饭店可以做到。到饭点的时候，毫不犹豫消灭掉所有选择，直奔那家店，凭这个爱好，就能让我们的关系升华。

有时候，有着共同喜欢的美食，能让关系迅速升华。

06

每个人心里都住着一场说走就走的饭局，这种经历很难被复制。

大半夜的你就是想吃火锅，发了朋友圈，结果无数个点赞的，还有劝你赶紧睡的。唯独有人回复道："穿上衣服，接你去海底捞。"

一瞬间你就感觉自己是全世界最幸福的人。

如果这都不算爱，我还有什么好悲哀。

07

当有人愿意为你做一顿饭的时候，可想而知你在他心中有多么重要。

爱可以随便说，可饭没有随便做的。

你说做饭是他的兴趣爱好啊，其实他的爱好是只给你做饭。

会做饭的人总有一种特殊的魅力，就是在不知不觉中流露情感，让你想要从后面抱住他。

厨房便是最浪漫的烟火之地，总能点燃爱的火苗，和讨厌的人一起吃饭是一种咬牙，和喜欢的人一起就是一种陪伴。

其实，每次问“你吃饭了吗”，都是在说“我想你”。说“一起出来吃饭吧”的意思是“我想见你”。

因为有一种喜欢，叫我想和你一起吃饭。

味觉可以触发我们心底最柔软的地方。

愿意为你做饭的人，一定很爱你

01

很多人关于厨房最初的印象，都来源于母亲，从一起去菜市场看鱼选虾，到帮母亲洗菜切菜，再做第一个试尝的人，每个细节都是满满的生活气息。

其实每个人家里的口味都不太一样，咸淡酸辣，各有不同，但却往往代表了一个人从小到大，最习惯也最乐于接受的味道。

家里的饭菜，可能没有外面星级大厨做得好吃。但真正让食物充满魅力的，是这种来源于家里不刻意自然而然的味道。

母亲年轻的时候，是十指不沾阳春水、不食人间烟火的少女，然后转变为掌厨的妈妈。

从不好吃的菜、夹生的米饭，到后来日益成熟的厨艺，她要每天穿梭于菜市场，挑拣瓜果蔬菜，跟小商贩讨价还价。

但正是这样一个味道，伴随着孩子成长，也塑造了孩子独一无二的味觉喜好。

对于每个人来说，无论在人生的哪个阶段，听到“我在家等你吃饭”这句话，都会感受到满满的温暖。

小时候，上了一天的课，很晚才到家，妈妈起身把饭菜热一下，问今天过得怎样。

上班疲倦了一天，有爱人给你放好热水，为你做好最喜欢的食物。一回家，就能听到刀切香芹的满耳清爽，或者萝卜擦丝的吱吱作响。

在网上看过一个话题，最不舍得删掉的一张照片是什么？

有个女生发了自己妈妈做饭的照片，照片里的妈妈站在一个小板凳上，有些虚弱地拿着锅铲下厨。

女生说，她的妈妈当时已经生病晚期了，但是还是强打精神，到厨房为自己下了一碗面。没过多久，妈妈去世了，这也就成了妈妈的最后一张照片。

以前经常去一个朋友家，觉得他家里人的手艺特别好，做的卤味牛肉真是一绝。

后来，阿姨生病去世了，再去他家的时候，冷清得让人想哭。

一个失去了生活气息的家，真的让人感觉不是滋味。我很心疼他，再也没有人在家等他吃饭了。

后来朋友搬走了，去了很远的城市工作、结婚。

有一天他给我发消息，说他哭了，他在外地出差，到了某个小巷，吃到一碗酱油饭，第一口就觉得是妈妈的味道。

其实我们每个人内心深处，都有一道唤醒回忆的菜，它能让我们一瞬间就回到某个片段，无论是放学在家等着吃饭的孩子，还是满眼深情看着爱人下厨的丈夫。

这一生，味觉可以触发我们心底最柔软的地方。

02

前段时间去影院看了场电影，韦斯·安德森的《犬之岛》，电影里的狗狗们回忆自己最喜欢吃的食物是什么味道。

叫作“首领”的那只狗狗，流浪多年，已经很久没有吃过满意的食物了。但它还是忘不了，当年那个收养自己的家庭给自己做过一碗入味的米饭。

或许每个人都有那么一个念念不忘的味道，是因为为你下厨的那个人，充满着对你的爱。

娜娜最近在和刚同居不到一周的男友闹分手，为了躲开男友的纠缠，娜娜都打算请假不去上班了。

部门的同事都劝娜娜别冲动，两个人在一起过日子，本来就是相互磨合的。

而且娜娜的男友大家都见过，是个挺不错的男生，家世好，才华横溢。

娜娜却说：“你们不知道他有多自私，从住一起开始，他就没进过一次厨房。两个人的工作都不算轻松，凭什么我回去之后还要伺候他，给他烧水做饭？”

听娜娜这么说，部门的女同事更觉得不可思议了。谁的另一半不是这样啊，肯进厨房的男人已经绝种了吧？

但转念一想，一个男人如果真的爱你，就不会躺在床上看着你辛苦一天还要进厨房为他做饭。

一个人的精力是有限的，如果一个女人从一开始就把她大部分的心思放在家庭上，那余生漫漫，她也没更多的力气去追求梦想了。

而且女人的心思本就敏感，当她意识到整段感情回归家庭之后完全变成她一个人在付出，而那个口口声声说爱她的男人却在坐享其成的时候，难免会情绪低落。而情绪是会相互影响的，消极的女人撑不起快乐的家庭。

女人一个人进厨房的效率、心态和有另一半陪着做这些时的感觉是完全不一样的。把日常的琐事活成一种情调，才是一段健康的感情，一段健康的婚姻该有的状态。

米勒·伯尔曼在《亲密关系》中指出，一个家庭中，如果妻子承担了全部或大部分家务时，其家庭幸福感为负值，反之亦然。

就像娜娜所反映出来的那样，忙忙碌碌的自己看着心爱的男友在一旁坐享其成的时候，再温柔的女人也会变得浑身戾气，再相爱的情侣也终将形同陌路。

当然，如果一个男人可以眼睁睁地看着对方手忙脚乱操持家务，可以心安理得地把衣食起居交到她一个人手中的时候，他对那个姑娘也谈不上一个“爱”字了。

03

伊伊是我认识的一位女高管，到哪儿都是一副走路带风的模样。

她最常和我说的一句话就是："把自己擅长的事情做到极致就可以了，不擅长的事情就别自己动手，专业的事情交给专业的人去做。"

伊伊的生活也是这样，化妆有化妆师，穿衣服有设计师。装修房子的时候，她也只是对设计师说了自己想要的风格，至于具体用什么材料、怎么搭配，她全权放手。

一次我到伊伊家里做客，却看到她正在厨房切菜，我很诧异，本以为会有阿姨做饭。

她向我解释说："做饭这件事，对我来说，比较喜欢自己来。"

当你遇到真正让你倾心的那个人，你一定会愿意脱掉西装、穿上围裙，为他进厨房，为他做羹汤。

亲手为心爱的人做一顿饭，不论那顿饭是不合格还是完美，做饭的人和吃饭的人，都能尝到爱情的味道。

生活本就是柴米油盐酱醋茶的琐碎日常，让日子蜜里调油的关键也永远是"男女搭配，干活不累"。

一个做饭一个洗菜，一个洗碗一个擦灰，把日子的琐碎活成故事里的甜蜜，把无聊的工作调和成爱情的附庸。这才是日子保鲜的秘诀。

如果想要余生不无聊，不妨试着从琐碎的生活中一次次为另一半付出，一次次提醒自己去爱。而和相爱的人一起，下厨这个过程永远不会无趣。

真心相爱的人，一定会在这种力量的驱使下，心甘情愿为他爱的人做些什么的。而一个无时无刻不在爱你的人，一定不舍得看着你一个人在厨房为他忙碌。

爱是付出，这个过程远比得到美丽。

我想要的爱情，就是厨房里有你也有我，你会嫌我笨手笨脚，但谁也不会自私地想到自己等着吃就好。

如果世上真的有什么不可辜负，非那个为你下厨的人莫属。

能吃下饭的人，
都不会放弃生活。

如果你不开心，不如去趟菜市场

01

以前有个前辈告诉我，如果你的心情沮丧到了一个临界值，那么你不妨去趟菜市场，去夜市吃顿好吃的。

去感受一下人间的烟火味，看看那些喜怒哀乐，再满足自己的食欲。

美食是真的可以疗伤的，柴米油盐，可以阻止孤独，预防风霜。孤独的人，更要吃饱饭。

它可以让你在情绪低落的时候，感受到腹内的满足；也可以让你在无所事事的时候，为自己消除一些迷茫。

汪涵在节目中说："我们去菜市场挑选食材，其实就是偶遇与重逢。翻炒就是情感的升温。糖醋就是情感中的蜜意，做一碗面条，何尝不是柔情？家厨里的感觉，就是爱。"

我想这句话，太年轻的时候是不能理解的，外卖同样能给你酸甜苦辣的味觉刺激，厨师专业的手艺似乎更让人惊呼。

但活到一定的年纪，就会能明白一蔬一饭对生活的意义。不止热辣鲜香，不止继续战斗的能量，还有久违的烟火气、家的生气、生活的脚踏实地。

02

我有个朋友，自打前两年创业起，状态就一直没好过。

隔三岔五工作二十个小时以上，忙的时候，工作餐能省则省，有时候头天晚上陪客户喝酒喝到胃出血，第二天还得做方案。

创业之前年入几十万，生活安稳；创业之后很长一段时间收入为负，晨昏颠倒，觉得这苦日子看不到尽头。

朋友在朋友圈发的消息也越来越沉重，情绪消极，我甚至感觉他有抑郁倾向。

有一次碰巧遇到，我们闲聊了几句。我问他：“最近心情还好吗？”

他说：“事业看不到希望，打算周末去潜水放松一下。”

他开始频繁地旅行、做极限运动，但效果并没有他想象中那么好，高危险、高负荷的运动更让他觉得畏惧和惶恐，生活的压力一度大到让他窒息。

后来我对他说：“为什么不给自己一些烟火气呢？你别去看世界了，去菜市场看看吧，看看别人的小事家常，买些自己爱的食物，亲自给自己做顿饭。”

后来朋友和我说，他去了，确实好了很多。

看着一群人在为日子忙碌奔波，一群人在为一餐一饭精挑细选、精打细算，他突然觉得自己也没那么糟糕。

给自己做了碗面，他终于意识到满堂盛宴有时候真的不如一碗面，日子不用浮夸卖相亦能活色生香。

当热气腾腾的饭菜摆上桌的那一刻，再冰冷的房间也会多了点生气，认认真真地吃一口自己亲手做的饭，饱腹的踏实感一定可以陪你走过世事艰难。

03

菜市场应该是每个城市中最有人情味儿的地方了。

去个三五次，你就和摊位上的小贩熟悉热络了起来，他会记得你的喜好和口味儿，买得多了，不等你开口，他也会给你个优惠价；有时候钱不够了，也没关系，下次补上，谁也不会贪这几根菜的便宜。

有时候去得早，人还不是那么多的时候，和小贩唠几句，家长里短的一说，心里舒服多了。个别有心的，记下了，时常问候几句，心里别提多舒服了。

家里遇到喜事儿，熟悉的摊主也特别会来事儿，多给你加几根葱，少收你几块钱，嘴甜地说几句恭喜的话，大家皆大欢喜。

拿着自己精挑细选的菜回到家，看着它的形态在锅里一点点变化，按顺序加上油盐酱醋，闻着意料之中的饭香，没什么比这更惬意更安稳了。

汪曾祺说过：“到了一个新地方，有人爱逛百货公司，有人爱逛书店，我宁可去逛逛菜市场。看看生鸡活鸭、新鲜水灵的瓜菜、通红的辣椒，热热闹闹，挨挨挤挤，让人感到一种生之乐趣。”

而我相信这种生之乐趣，能给我们不死的欲望。

习惯了逛菜场的人是不会垮的，他们和大家分享着人生，也在一餐一饭中经营的自己的人生。

没有风花雪月，没有咖啡红茶、诗和远方，就是普普通通的，但众生都在经营的生活和日子。狼吞虎咽，或细嚼慢咽，能吃下饭的人，都不会放弃生活。

04

逛菜市场，是生活中很重要的一种仪式感。

你看，大家都在为自己的小日子尽心尽力，普通的食材都要精挑细选。

和熟悉的摊主打招呼，听他们推销今天哪种菜新鲜，哪种菜便宜，市井且烟火，多像热气腾腾的生活。

听着小贩和来往的客人吆三喝四，讨价还价，整个菜市场乱成一片，不会有哪里比这儿更有烟火味儿。

选菜的时候，你会注意到家里每个成员的口味，逛着逛着，这顿饭要吃什么，你心里就有谱了。

满心困惑地来，满心欢喜地走，为家人准备一餐饭，没什么比这样更快乐了。

回家之后，把已经在菜市场构思好的菜单准备好，看着锅里烈火烹

油的温暖，感受着厨房菜香四溢的满足，没什么比此时此刻更快乐了。

逛菜市场对我而言是一种仪式，做饭对我而言是一种情结。

它们烦琐、复杂，却又不算困难，一步步去做，把所有的思绪放在这个过程里。

不在乎光阴，忽视了世事，然后看着一道道美味出锅、上桌，看着大家的满足、心悦，也会觉得生活再难也不害怕了。

而在这个过程之后，也明白了生活。

认真做一道菜，陪她尝尽酸甜苦辣，是舌尖上的千回百转；
用心爱一个人，了解她的喜怒哀乐，是人生的千滋百味。

爱一个人的七种味道

我一直都觉得，做一道菜和爱一个人，其实是同样的道理。

做一道菜，在于那份对的口味；爱一个人，在于那份对的感觉。

味觉和情绪是密切相关的，有时候因为没有吃到符合口味的菜，就会一整天心情沮丧；有时候一杯甜甜的奶茶、一份小小的糕点，就能拯救一切不开心；酸甜苦辣关系着喜怒哀乐，美食暖胃，爱情暖心。

01. 喜→酸

喜欢一个人的感觉，总是夹杂着酸味。所以，你看那些情侣总是为了一点小事计较，莫名其妙地吃醋、吵闹，自私又孩子气。

再完美的人，一旦爱了，都会像个孩子。因为心里的那个人，总是能够千里之外控制着你的喜怒哀乐。

相爱的两个人，因为在意，因为重视，总会有小情绪。像夏天冒着冷气的柠檬汽水，像冬天糖衣包裹着的冰糖葫芦。

换个角度想想，都是幸福的味道。

我爱你吃醋生气的时候，还要把我拽到马路内侧；我爱你佯装没有听到晚安，背过身去却还记得帮我掖好被角；我爱你气鼓鼓的脸庞；我爱你轻轻拍着头宠溺地说傻瓜。

遇见你以后，我才知道，原来我也会吃醋。

02. 怒→甜

偶尔的生气吵架其实是感情的调和剂，相爱的两个人连生气都可以冒出甜蜜的爱心。

我认识一对情侣，从来就没有能好好说话的时候，一见面就吵架。但无论吵到多么激烈，只要肚子饿了，还是要一起吃饭。

有一次他们吵到不可开交，男孩气得离家出走，女孩气得想摔东西。可是花瓶不能摔，是纪念日那天买的；香水不能摔，是他情人节送的。只能气鼓鼓地在家里转圈圈，家里的每件东西都有和他一起的甜蜜回忆，没有一件东西舍得摔。

这时电话响了，他打来的，问：“昨天路过的那家甜品店营业了，你还吃牛角包吗？”

她听了之后扑哧笑了，斩钉截铁地回答：“吃！”

所以，不要让你身边的女孩饿肚子，她会生气；也不要让你身边的男孩饿肚子，他会走丢。

无论多么生气，吃饱了才有力气吵架嘛。

03. 哀➞苦

有人做过最苦食物的测评，依次是纯黑巧克力、苦咖啡嚼片、苦瓜片、苦丁茶、莲子心，只听名字就能感受到苦，但我觉得真正的苦涩不仅仅是味觉。

思念是苦的，等待是苦的，分手是苦的，那种爱而不得，直击心底的绝望是苦的。

爱到深处才会哭到绝望吧，不过是一场爱情，它没来的时候，我们都以为自己会不一样，其实难过的时候，大家都一样。

那时候的我们可以不相信任何人，也要相信爱情，哪怕它千疮百孔、面目不堪。可总有一天，是要为多情买单的。

苦涩是明知道爱错了人，还舍不得放手；苦涩是在错的时间，遇到了对的人；苦涩是曾经的甜蜜，后来的回忆。

那些字字句句是溢出来的爱情，分手了之后听在耳朵里，都是心酸的余音。

04. 乐➞辣

人们常说“无辣不欢”，爱情同样也需要一些“辣”味。

有时候爱需要的不是好感，而是快感，如同辣味侵袭下的一场口腔爆炸，简直就是浴火重生，处处充满刺激。

微微辣可以轻轻打破两个人的隔膜，碰撞出火花，滋生出感情。

特辣会让相爱的两个人，爱得更加炙热深刻，撕心裂肺，不遗余力。

甜辣是坐在一起吃饭时，那股从锅里捞出来的暖融融的气息。

热辣的世界里，在独属于你们的小小空间里，心跳加速，双颊发烫，双目所及之处全是涣散的模样，除了聚焦于彼此。那一刻，仿佛全世界就只有对方。

爱情就像吃饭一样，既要有轰轰烈烈的感情，又要有腻腻歪歪的时光。

05. 爱→鲜

食物都需要保鲜，爱情也是如此。所有相伴一生的爱情都必将经历暧昧热恋，再到失去新鲜感的倦怠期，最后回归平淡而笃定的相爱。

我们有时候其实并不是不爱对方了，只是生活太乏味，需要一点点新鲜感。

好的厨师会把过了保鲜期的食物做出香鲜可口的味道，而好的爱情也会把每天过得活色生香。

一起在厨房学做一道新菜，一起去旅行看不一样的风景。无关时间，无关年龄，每句晚安之后都是新的开始，每个日出再看对方都是新鲜的。

因为是你，所以我甘之如饴。因为爱你，每天都会有新鲜感。

06. 恶➞涩

一段感情里，无论是什么原因，好像最先提出分手的那个人总是会扮演恶人的角色。

分开的时候酷得不得了，半夜不知道偷偷哭过多少次。

我们都经历过青涩的爱情，那时候爱上一个人，似乎很容易，纯粹，用力，飞蛾扑火，却早就学会了口是心非。

味觉的记忆爱憎分明，很多时候你以为感情已经被时光冲淡，但味觉还替你记得。

钱包里还有一起吃冰淇淋充值的会员卡，转角处上次吃过的烧烤摊依旧还在，感情里最怕的就是对方留下的习惯还顽强地留在你的记忆里。

可是光阴不候，昨日渐远，等走过那段路再回望，至少还有一段刻骨铭心的爱情，哪怕只是惊鸿一瞥。

07. 欲➞香

食色，性也，最能勾起欲望的无非厨房里的饭菜香，两个人在一起，吃饭能吃到一起去太重要了。

我的一个朋友从小到大都不爱吃香菜，只要这份饭是放了香菜的，他就可以任性到一口都不吃。

可是最近新交的女朋友吃什么都要放点香菜，为了和她吃到一起去，朋友也开始吃香菜。

后来跟我说，香菜好像也没有那么难吃。

Asahi

我告诉他那是爱的味道。用时间慢慢了解一个人，慢慢把对方的习惯变成自己的习惯，最后你会发现曾经讨厌吃的菜也不再那么难吃了。

认真做一道菜，陪她尝尽酸甜苦辣，是舌尖上的千回百转；用心爱一个人，了解她的喜怒哀乐，是人生的千滋百味。

吃好每顿饭，才能延长相爱的时间。

两个人的相遇、相识、相知、相爱，
就像两种食材，
从天南海北，来到了一口锅里，
经过翻炒调味，呈现的是人生百味。

你是我最喜欢的味道

其实美食这种东西，在某种程度上，和感情有一定的共通性。

每道美食的背后都隐藏着一份爱的故事。有阳光的清晨，用心烹制的早餐；明媚的午后，精心调制的甜品；微醺的傍晚，独具创意的新菜，都是给爱人最好的礼物。

我们的爱情在人生经历的不同阶段，对食物也有着不同的诉求。

而每段故事，都赋予我们对食物的独特意义，是情感路程中最难能可贵的生命记录。

01

香草泡芙：日月是你，星辰是你，余生是你。

香草泡芙像初恋般，一口咬下去滋出浓浓的香草奶味，甜到多巴胺疯狂分泌，身体里每个细胞都要变成桃心形。

这大概是年少轻狂的我们经历过的事情，她的随口一提，让你跑过几条小巷，排很久的队，用上自己全部的零用钱，为她买到最爱的香草泡芙。

“我不饿”是女孩最大的谎言，每次女孩说出“我不饿”的时候，其实把草莓派、蛋黄酥、牛角包、杧果千层都想了个遍。

味蕾最挑剔也最容易被征服，一盒香草泡芙就能打动一个女孩的心。

我们习惯了在爱情里掺杂太多的现实因素，可真正的爱，不过就是两个人一起探索世界上所有好吃的，一起吃每顿饭，每吃一口就多爱你一分；一起去旅游，牵着手就是一辈子；一起看晚霞，靠着肩就能白头。

一起走过很多的路，一起吃过很多的饭，一生只爱一个人。

02

奶香南瓜汤：如果是你，我愿早起，洗手做羹。

奶香南瓜汤是一段爱情走向成熟的味道，多了一份温度和甜蜜，流进爱的大胃。

我的一个哥们，总喜欢和姑娘玩暧昧，身边的人换来换去，从未见他托付过真心。可是最近他变了，总是向我咨询如何做饭、如何煲汤，想要为女朋友做一次饭。

那天他花费了整个下午的时间，不仅做出的饭难以下咽，还把厨房弄得一片狼藉，最后只能和女朋友一起收拾烂摊子。

他说，我谈过很多次恋爱，大都只走了肾，也有走了心的，我会送名牌包包，去高级餐厅；可唯独这次，我想为她做一顿饭，也唯独这次，觉得自己在真正地恋爱。

真正对你好的人，会笨手笨脚学着为你做第一顿饭，哪怕只是简单的南瓜汤。一个人对你是否有真心，从他给你做的菜里，都能吃得到。

不再想征服世界，只想征服一个人的胃和心，因为一个人就是你的全世界。

03

番茄炒蛋：一屋，两人，三餐，四季。

番茄和鸡蛋是最契合的搭配，吃过了山珍海味，看遍了万水千山，还是最简单的番茄炒蛋更能治愈人心。

如同相爱的两个人，从互相依赖的甜蜜需求，到走向婚姻的厨房烟火；从吃两个人的饭，到两个人吃饭。

番茄炒蛋是很多人学会做的第一道菜，同样的作料，但是不同的家庭就会做出不同的味道。

有人喜欢先把番茄榨成汁，有人喜欢先把鸡蛋打散炒熟；有人会把它做成甜口，有人会放上酱油和味精。

两个人从恋爱走向婚姻，不过就是能够融合彼此的口味。

他不介意你挑剔的口味，你懂得他偏爱的食材。他迁就你爱吃甜，于是每道菜都放点糖；你为了他偏淡的口味，把作料都减半。

因为比食物本身更重要的，是陪你一起吃饭的那个人。

什么叫作真正爱上一个人呢？就是两个人在一起吃每顿饭，却不会觉得腻烦，哪怕这桌菜多么普通平凡，也依然是最美好的存在。

04

菠萝咕噜肉：爱一人，居一城，终一生。

婚姻历经新鲜期，总会有情感倦怠的时候，或许这样一道新菜的尝试就能够升温两人的感情。

我的一个朋友结婚几年，两人都以事业为重，几乎没在家里做过饭，刚结婚时买的调料都已经过期，锅碗瓢盆都是新的。

偶尔闲下来，也只是做些简单的小菜，随便凑合吃吃，缺少饭桌上的交流，感情也淡了不少。如果每天吃饭都是同样的口味，也会觉得腻吧。

朋友向我倾诉说觉得生活没有甜蜜和激情，于是我发给他几个菜谱，让他们一起尝试做做。

他后来跟我说，两个人一起尝试菠萝咕噜肉时，都期待菠萝和嫩肉会碰撞出新的味蕾体验，看着嫩肉煎炸翻炒至金黄，把切好的菠萝、青椒放进去，五颜六色的食材在勾芡的好汤汁里翻滚，好像生活也变得新鲜了。

没有烟火气的家是冷冰冰的，只有撞击出锅碗瓢盆的声音，才有家的味道。

两个人的相遇、相识、相知、相爱，就像两种食材，从天南海北，来到了一口锅里，经过翻炒调味，呈现的是人生百味。

生活本就是柴米油盐，锅碗瓢盆，酸甜苦辣，在饭菜飘香里相守一隅，维系着忙累并快乐的家。

爱情不就是两个人一起做一日三餐，
在一粥一饭里陪伴春夏秋冬，
一不小心就走过了大半个世纪，度过了一生。

爱一个人，就是和你吃很多顿饭

01

一个男人的魅力从来不在于他长得多帅，事业多辉煌，而是在他脱下西服，系上围裙，为心爱的人精心烹饪美食的那一刻。

会做饭的男人是一辈子的春药，厨房里忙碌的身影能够把一颗吃货的心勾得意乱神迷。

从一开始的洗菜、切菜，到后面的颠勺翻炒，每道饭菜调料的多少，口味的咸淡，都经过小心斟酌，认真做饭的样子简直荷尔蒙爆棚。

他记得你的喜欢和忌口，因为你不爱吃辣，家里做饭从来不用辣椒；因为你爱吃甜食，那些糖醋排骨、葡萄鸡丁、水果甜汤都可以信手拈来。

小时候我总是好奇，为什么大人们就可以烧出那么美味的佳肴，那时候无论对吃多么执着，也提不起对厨房的兴趣，更无法想象自己下厨做饭是什么样子。

直到听母亲讲起以前的事情，父亲在遇到母亲之前也是不爱做饭的，可是和母亲在一起之后，就总想着变着花样为她做点吃的，做饭这件事情就无师自通了。

其实只要当你遇上了一个生命中非常重要的人，你就会想要用心为他做一次饭。因为看着对方大口大口吃饭的样子，是一件特别幸福的事。

最美的情话大概就是，想要为你做一辈子的饭。

02

如果说会做饭的男人是一辈子的春药，那会做饭的女人就是一辈子的柔情。

我的一个朋友一直以来都是衣来伸手饭来张口的小公主，做饭的时候只会乱煮一通，从来不敢炒菜，对热油在锅里呲啦冒花有一种天生的恐惧。

但自从谈了恋爱以后，小公主开始每天研究菜谱做菜，一开始她只会做很简单的饭菜，像煲汤、蒸饭、凉拌菜，或者加工半成品，其实味道不是最重要的，重要的是她是否肯为对方花心思去做饭。

更可贵的是那个为心爱的人探寻美食的过程：从克服厨房恐惧，笨手笨脚地做出第一道菜，到后来能够驾驭所有家常菜系，厨房是见证一个女人成长的地方。

朋友说为心爱的人做饭是一种享受，每当蒸锅里的米饭冒着香喷喷的热乎气，砂锅里的鱼头也散发出诱人的味道，水果拼盘也整整齐齐地摆放好，和热腾腾的饭菜一起等他下班回来，就会有一种浓浓的幸福感。

03

眼角眉梢的笑，柔情似水的爱，只要和喜欢的人一起吃饭，连空气都是甜的。

厨房是爱情的纽带，是最能见证幸福的地方，两个人一起做饭才是最好的爱情。

我能想到最温馨的画面就是夫妻二人一起做饭时，她为他系上围裙，细心地擦去额头的汗水，把切好的水果送到嘴边；他把榨好的汤汁，舀起一勺，仔细地吹散热气，喂到对方嘴边，小心翼翼地问，味道怎么样。

最高级的浪漫就是柴米油盐，透过菜肴的背后，感知到暖暖的爱。

食材勾勒着生活的点点滴滴，忙碌一天后回到家中，看到果篮里青黄红绿的蔬菜，冰箱里满满当当的熟食，厨房里各种各样的调味品，等待着被烹饪、翻炒、蒸煮，最后变成两个人的晚餐，温暖了饥饿的胃，也抚慰了疲惫的心。

一种味道就是一段经历，一顿饭就是一个故事，最平淡的生活里蕴藏着最真实的爱。

爱情不就是两个人一起做一日三餐，在一粥一饭里陪伴春夏秋冬，一不小心就走过了大半个世纪，度过了一生。

真正精致的生命里，
每寸都不该有辜负。

食物是世上最好的语言

01

我们每个人都是一颗星辰，来自山川湖海，步入红尘后囿于昼夜、厨房和爱。

每个热爱生活的人都该是天生的美食家，一餐一饭的精致，茶点零食的细腻，这些美好让生命有了更纯粹的真实和美好。

很多人都知道，除了写东西之外，我还经营着甜品店。

我熟悉它的每款产品，清楚它的每个故事，喜欢它历久经年的味道和沉淀。

有人说，那些无须付出的岁月根本算不上真正的生活。就是这样，美好的事物越纯粹，被人追求的事物越美好，这个过程需要的投入就越多、越细致。

就像一块儿普通的芝士那样，它好不好，你一口就尝得出来，骗不了别人，也骗不过自己。

回想起来，甜品店成立之初，它是一个普通的店面，没有回头客，也算不上有人气。

02

店里的研发小哥有专业的学历，受过专业的培训，即便如此，一块儿让大家都惊艳、赞同的产品也要他在尝试与否定之间经过几个月的徘徊。

好的东西是需要付出才能得到的，再专业、再有天赋的人没有长久的苦熬也不可能一夜成功。

可是有些东西值得你这样付出，比如成绩单，比如美食，比如口碑和成长。

别怕吃苦，也别怕失败，你走过的人生路，每步都算数。把看不到希望的日子熬过去，美妙且闪耀的未来就在下一个转口。

生命是一个时间的量程，光阴是一寸一寸的。

真正精致的生命里，每寸都不该辜负。

你要用破釜沉舟的勇气去期许自己一个妙不可言的未来，这段时光沉默且痛苦，但在无数个未来的日日夜夜里，这份记忆会美得发光。

认认真真地去对待每个细节，把爱自己当成生命的通行证，不论是生还是活，它都会把你变成一个更好的人。

03

在经营甜品店的过程里，我也遇到过无数次的挑战和决策，即便在这些最难熬的时光里，我也会给自己最好的状态，完善甜品店的每个细节。

然后我用最诚挚的态度去请教一些过来人，听听他们的故事、他们的人生，进而从中汲取自己需要的态度和策略，让我的甜品店一步步呈现出更完美的模样。

我印象很深的是，有一个每天都来甜品店的女孩，每次都会选择一个最漂亮的蛋糕做当天的下午茶。

有一段时间，连着几天都没见到女孩，她再来的时候，也不如往日那般神采奕奕，没有挑选最漂亮的蛋糕，只是选了几款充饥的普通面点。

我熟络地和女孩儿打了招呼，女孩说她那几日遭遇了事业滑铁卢，没有吃下午茶的心思了。

我告诉女孩，一定要精致起来，选最漂亮的蛋糕，拿出自己所有的精力，神采飞扬地生活，才能对抗生活所有的挑战和不易。

现在她还是店里的常客，而且我们成了朋友。

我坚信食物的力量，精致的食物绝对可以给人以灿烂人生的决心和力量。好好吃饭，用心生活，这比什么都重要。

我喜欢经营甜品店，不只是为了赚钱，生命的意义也绝非如此。

把孤单量化成米面肉菜，把所有对生活的热情、尊重、赤诚都变成食物的质美、精致、创意感，这样的食物可以带给客人力量和希望。

每天都有很多我素未谋面的客人来到店里，认真挑选他们想要的美味，或把它们当成食物去充饥，或把它们当作消遣去经营，我明白他们对产品的期待和希望，这就是我一直的追求和希望。

来这里的每个客人都有他们的故事和情绪，常来的那些人，我甚至在和他们的闲谈里陆陆续续地了解了他们的人生。喜怒哀乐，阴晴圆缺，每个人都躲不过去。

他们来这里，或为了庆祝，或为了纪念，或为了治愈，或为了发泄，而我尽可能地把每道产品都做成他们期许的味道，甚至用超出他们想象的作品去参与他们的人生。

我用食物给了他们力量，我相信在我知道或不知道的很多个瞬间，一定有人被这些甜食治愈，一定有些故事在这些美食里转折。

这些故事和经历给甜品店带来了人情味儿，而我喜欢这样的人生。

03

没有人生来就是好厨师，也没有人生来就是好老板，生活就是一个不断撞头、不断清醒，然后不断突破的过程。在这个过程中，你终将认清自己，成就自己，遇见自己。

开甜品店的这一路走来，我终于尝到了美食带来的快乐，是很香很香的味道；也终于明白，我们都来自山川湖海，风尘仆仆，囿于昼夜、厨房与爱。

美食是生活的保鲜盒，每个人的心底都有一道甜点，而它的味道，只有把它放在心底的人才知道。而我的这道甜品，它是热情、信仰、赤诚的味道。